KB269823

쓰는
마음

쓰는
마음

큰글자책

쓰는 마음

시린 지음

작가의 말

약하고 느린 눈으로 봅니다.

세상은 작고 부족한 존재들로 가득합니다. 약하고 느리게 보아 그런지도 모르겠습니다.

작은 존재들은 외진 데 있습니다. 가볍고 약한 것들만이 구석에 모입니다. 세상 어디를 보아도 비어 있는 구석은 없었습니다.

미만한 생명이 한데 모이고 결핍한 몸들은 서로 기댑니다. 살아가는 데 다만 필요한 건 서로의 틈인지도 모릅니다. 기대어 있는 것들이 눈물겨운 까닭입니다. 담쟁이잎만 보면 붙들리는 마음을 뜯어내지 못해 두고 오곤 합니다.

어느 쪽을 보아도 담 앞인 날들에 기대앉은 풀들의 숨은 미쁘기도 합니다. 틈과 결을 내어주는 돌들도 애틋합니다. 담벼락 귀퉁이에 쓰고 싶고 읽고 싶은 이야기가 있었습니다.

낙서를 받아준 당신, 연필을 빌려준 당신께 미안함과 고마움으로 이 글들을 보냅니다.

2023. 10.
공천포에서 **시린**

쓰는 마음

차-례

| 제1부 | 눈이 나쁜 아이 | 11 |

 # 01
몸에 대한 이야기들

작은 것들에 눈이 간다	13
느리게 보기	18
선천적으로	21
머리털 나고 첨으로	28
나는 토마토를 못 먹습니다	34
제 눈에 구피 엄마 눈에 꽃	39
아픈 손이 고맙다	42

 # 02
오래된 물건

고물을 모으듯	47
좋아하는 것	51
연필을 깎는다	54
서랍 속의 낡은 욕심들	58
오늘을 오늘이게 하는 조금	60
그래도 역시 냉장고는 있으면 좋겠지만	63
낡은 차를 보내며	68
찻잔의 시간	71
사물 인연	74

차-례

 # 03
꽃이 폈다고
편지를 썼다

당신 생각이 나서 … 79

귤꽃편지 … 84

오월 향기 … 87

아까시꽃 먹고 맴맴 … 91

이름은 서너 개 … 95

꽃값 … 99

시든 꽃은 꽃이 아닌가 … 103

제2부 **쓰는 사람이고 싶어서** … 107

 # 01
그래도
쓰고 싶어서

종이만 보면 머릿속도 하얘져서 … 109

어디서부터 시작해야 할지 몰라서 … 118

한데 대체 뭘 쓴담 … 124

내 얘기 책으로 쓰면 열두 권 … 129

아무나 써도 된다 … 133

너무 뻔해 … 138

백날 써 봐야 얻다 써 … 144

최고가 아닐 수도 있다 … 148

차-례

그래서 결론이 뭐야   153

당신은 톨스토이가 아니다   156

이보다 잘 쓸 수 있다   160

글은 내가 쓴다   164

 # 02
**작고 약한
존재들이
살아가는 법**

사진을 씁니다   171

다른 세상으로 가는 문   174

느리고 보배로운   178

집의 입구   182

집 안의 불을 켜고   185

아이들은 인사한다   188

작고 약한 존재들이 살아가는 법   192

 # 03
**날씨처럼
이야기가
왔으면**

일단 씁니다   199

장래희망   202

시인과 바다   205

눈과 시인   209

다시 방에 돌아와 앉기 위하여   211

외로이 글을 배웅하는 그대들에게   215

날씨처럼 이야기가 왔으면   219

〔 √ 〕제1부 | 〔   〕제2부

눈이
나쁜 아이

01. 몸에 대한 이야기들
02. 오래된 물건
03. 꽃이 폈다고 편지를 썼다

몸에 대한
이야기들

(쓰는 一 마음)

작은 것들에
　　　　눈이
간다

　　　　　　　나의 왼쪽 눈은 약시다. 弱視
란 한자 그대로, 시력이 강하지 않고 교정되지 않는 경우를
말한다. 안경이나 콘택트렌즈로도 몹시 약한 시력을 어찌
할 수 없단 얘기다. 고도근시나 저시력과 다른 점은 원인을
모른다는 거다. 눈의 생김새나 구조상으로는 아무 문제 없
는데 잘 보지 못한다. 이 말을 뒤집으면 타고난 힘이 약한
눈이라는 말이 되겠다. 즉, 고칠 방법도 없다.
오른쪽 눈은 약시가 아니다. 근시에 난시도 있지만 안경이
나 콘택트렌즈를 끼면 운전도 가능한 교정시력이 나온다.
내 눈은 겉보기에 아주 말짱하고 일상생활에도 문제가 없다.

하지만 문제가 있다. 사회적으로는 장애라고 한다. 나는 시각장애인이다.

약시와 근시와 난시, 혹은 저시력. 시력이 약하거나 낮은 나 같은 눈을 사람들은 '나쁘다'고 한다. 나는 눈이 나쁘다. 당신은 눈이 좋다. 어떤 사람은 눈이 나쁘고 다른 이는 좋다.

눈이 나쁜 것은 나쁘다. 생활에 문제는 없지만 불편하다. 구석진 데까지 꼼꼼하게 보기 위해선 목욕하고 욕실 청소할 때 콘택트렌즈부터 꺼야 한다. 김이 서려 안경은 쓰나 마나니까. 쌈 먹을 때 고추를 손으로 집어 먹으면 안 된다. 아무리 박박 씻어도 손가락에 묻은 매운 기가 하루는 가니까. 그 손으로 렌즈를 끼거나 빼려 했다간 한 달 치 눈물을 쏟아야 한다. 가끔 눈동자와 렌즈 사이에 눈썹이 끼는데, 그게 오른눈이면 일단 외쳐야 한다. 얼음! 눈 씻고 물(어릴 때 우리 동네에선 얼음땡 아니고 얼음물이라고 했다.)이 될 때까지 아무것도 아무것도 아무것도 못 한다. 운전중이라면 난데없는 공포스릴러다. 눈썹 하나가 어떤 파국을 불러올지는 신만이 아실 테다.

몸이 나쁜 사람은 나쁘다. 어릴 때 TV를 많이 보고 너무 가까이 봐서 눈이 나빠졌다고들 한다. 어두운 데서 고개를 처박고 책을 봐서 나쁘다고 한다. 아이 눈이 좋아지도록 부모가 관리하지 못해서라고 한다. 약시라도 조기 발견해 고칠 수 있었을지도 모르는데 소홀했던 탓이며, 애초에 그리 낳았기 때문이라 한다. 나쁜 부모는 아이에게 나쁜 몸을 준 죄책감이 든다. 아이도 자기의 나쁜 몸에 수치심이 든다. 모두 입을 다문다. 가족의 치부를 굳이 말하지 않는다. 우리 아이에게는 장애가 있어요. 말하는 이에겐 엄청난 용기가 필요하지만, 듣는 사람은 불편할 뿐이다.

그래서, 굳이, 왜?

굳이, 묻지도 않은 이야기를 하려 한다. 부끄러웠고 숨기고 싶었고 숨어 살게 한 이야기를 하려 한다. 태어나 보니 지워져 있었고, 어찌해도 떨쳐버릴 수 없었던 부끄러움을 말하고자 하는 건, 결국 이것이 나를 만들었음을 알기 때문이다. 내 부끄러움이 지금의 나다.

자주 쪼그려 앉는다. 구석에 있는 것들, 작은 것들에 눈이 간다. 어린 나는, 눈이 나쁘고 겁이 많아 멀리 볼 수 없고

멀리 가지 못했던 아이는 구석진 데가 좋았다. 벽에 기대앉아 세운 무릎에 책을 놓고 읽거나, 마당가 돌 틈에서 토끼풀을 찾아내며 놀았다. 제일 처음 배운 꽃 이름은 민들레였다.

아이는 자라 그렇게도 갖고 싶던 사진기를 샀다. 가장 좋아하는 피사체는 돌 틈에 핀 풀꽃과 담쟁이넝쿨이다. 망원렌즈를 이용해 아주 작은 잎 하나, 풀 하나를 찍기도 한다. 어느 구석에서 만난 작은 생명과 사물의 이야기는 사진이 되고, 글이 되었다.

눈이 나쁜 아이는 여전히 수줍다. 아이가 모두 어른이 되는 것은 아니며, 어른이 된다 해도 부끄러움이 사라지지 않는다는 걸 안다. 나쁜 눈이 부끄러웠던 아이는 구석을 좋아하고 숨기 잘하는, 부끄러움 많은 어른이 되었다. 이 부끄러움이 나다. 나는 작은 것들을 잘 보는 나, 그들의 이야기를 잘 듣는 내가 되었다. 그래서 다행이다.

느리게
보기

고등학생 때 매직아이가 유행했다. 한두 명이 그림을 학교에 가져오더니 너도나도 새로운 그림을 가져와 돌려보기 시작했다. 알록달록한 종이를 눈이 빠지게 들여다보느라 쉬는 시간이 수업 때보다 조용할 지경이었다. 잘 보는 방법이니 빨리 보는 비결이니 온갖 말들이 나돌았고 너무 오래 보면 눈이 이상해진다는 둥, 잘만 하면 머리가 좋아진다는 둥, 근거와 출처를 확인할 수 없는 정보가 난무했다.

나는 그걸 못 본다.
매직아이 보는 법을 검색해 보면 이런저런 방법이 나오는

데, 요는 이거다. 양쪽 눈의 초점을 일정하게 유지하기. 애초에 한 눈으로 보는 나 같은 사람은 볼 수 없다. 원근감으로 입체그림을 보는 것인데, 그 거리감이 달라서다. 멀고 가까움을 식별하는 감각이 좀 다르다. 계단에서 발이 걸리거나 자주 헛디디는 사람은 무슨 말인지 이해할 테다.

어느 순간 둥실 떠오른다는 그림을 보지 못하는 게 나뿐만은 아니었다. 반마다 몇 명은 수업시간에도 교과서 아래 감춰둔 그림을 흘금거리곤 했다. 초조했던 거다. 다들 보는 걸 보지 못하는 소외감과 나만 못 한다는 열패감에 쫓겼다. 이럴 시간에 책 한 장을 더 보겠다는 구실로 포기 선언을 하는 아이가 있었고, 머리가 너무 좋으면 생각 없는 응시를 할 수 없다는 자기방어적 가설을 내놓는 아이도 있었다.

나는 신체 능력이 뛰어나지 못한 아이였다. 달리기도 못했고 목소리도 작았다. 음악, 미술 성적도 별로였다. 그래서였을까. 매직아이를 못 보는 게 아무렇지 않았다. 초조하게 그림을 들여다보거나 핑계를 찾지 않았다. 몇 번의 시도 후 내가 할 수 없는 일임을 알고 그만두었다. 그뿐이었다.

마법의 눈(Magic Eye)을 포기하던 순간. 그림을 내려놓았을 뿐인 별것 아닌 일을 잊지 않고 있는 까닭은, 그대로의 나를 인정하게 된 첫 순간이었기 때문이다. 못하는 게 많은 나, 여러모로 부족하고 느린 나. 일인칭으로 말하면 한없이 부끄러운 면들이, 인정하는 순간 '사실'로 둔갑해 모든 감정을 떨어냈다. 기적 같은 경험이었다. 한두 해만 지나면 성인인 나이에야 처음으로 자기를 객관화해 보았으니 이 또한 좀 느렸던 듯싶긴 하다. 늦게 온 기적이 포기한 마법 못지않았다. 흐릿하고, 어둡고, 답답했던 세상이 부연 안경을 닦은 듯 말짱해졌다.

눈이 느리다. 멀리서 혹은 작은 화면으로 야구나 축구 경기를 보면 종종 공을 놓친다. 공은 아주 작은 점일 뿐이고, 그 점의 움직임을 따라가기엔 눈이 느린 거다. 한 걸음 더 가까이 갈 시간, 화면을 채운 점들 중 단 하나의 점을 찾아낼 시간이 필요하다. 나와 내 눈은 딱 그만큼 느리다.

그만큼의 시간만 있으면 된다. 한 걸음의 시간, 안경을 닦을 시간. 느리게 보는 세상도 괜찮다. 내 눈에는 딱이다.

선천적으로

임플란트를 해야 한다고 했
다. 문제의 이를 빼고, 뚫린 데가 아물기를 몇 달 기다렸다.
그리고 기둥이라는 것을 넣는 수술을 했다. 턱뼈에 피스를
박는 드릴 소리가 귀 안에서 들렸다. 드르르르 드르르르르
드르르르르르르르르르르.

박아넣은 기둥에 지붕을 씌우는 건 넉 달 후에 경과를 보고
할 거라 했다. 보통은 두 달 정돈데, 뼈가 많이 약하시네요.
의사의 말이었다. 젊은 사람의 뼈는 대개 두 달이면 아문단
다. 어느 정도 나이를 두고 젊다는 표현을 쓴 건지는 모르
겠지만, 이가 저절로 빠지는 나이도 아닌데 드문 경우라는
뜻이었을 테다. 무르고 약한 뼈를 타고났다는 거다.

따지고 보면 이를 빼야 했던 이유도 잇몸이 튼튼하지 못해서였다. 잇뿌리에 생긴 염증을 치료할 방법이 달리 없었던 거다. 오랫동안 잇몸이 붓고 아파 고생했다. 병원에서는 매번 이상이 없다고 했다. 밥을 못 먹을 지경이 되어도 괜찮다고 했다. 이에 이상이 없었던 건 맞다. 문제는 보이지 않는 곳의 염증이었으니까. 수년 동안 수십 군데 병원에서 수백 장의 사진을 찍고서야 완전히 망가진 잇몸을 발견했다.

수술하는 수밖에 없다는 얘기를 듣고 물었다. 또 이런 일이 생기지 않으려면 어떻게 해야 하죠? 다른 이와 잇몸에도 생길 수 있는 일 아닌가. 양치를 잘하는 정도로는 안 된다. 애초에 뼛속에 어쩌다 문제가 생겼는지도 알 수 없는데 어쩌란 말인가. 자주 오셔야죠. 자주 검진해야 이상을 빨리 발견할 수 있다는 말은 전혀 대답이 되지 않았다.
억울하다. 약한 잇몸을 타고났다는 이유로 통증과 치료를 달고 살아야 한다는 게. 보험도 안 되는 어마무시한 병원비가. 더 억울한 건 이런 일이 밤낮 벌어진다는 거다.

선천적으로 기능이 약한 신체다. 단순히 운동신경 없고 몸치라는 정도면 귀엽지만, 속속들이 약해빠졌다. 다섯 살 때

일찌감치 알아차렸다. '무궁화꽃이 피었습니다'를 하다 한 쪽 눈이 어둡단 사실을 발견했다. 소아 시력 교정 시기를 놓쳤다고 아쉬워할 수도 없다. 아이의 시력은 학교 신체검사 날이나 되어야 검사했던 때니. 그냥 그러려니 산다. 맨날 부딪치고 넘어져 멍이 가시지 않는 몸으로, 물건을 떨어뜨리고 물컵을 엎어 혼이 나고 금을 넘어갔다고 싸우면서, 내 삶의 모습이란 이런 것이려니 한다. 싫다고도 불편하다고도 느껴지지 않을 만큼 일상이 된 거다.

일곱 살 때 무릎 통증을 처음 느꼈다. 어디 부딪치지도 않았는데 굽히지도 못하고 엉엉 울었다. 병원에서는 이상 없다고 했다. 꾀병은 아닌 듯하니 일종의 성장통일 테죠, 자신은커녕 매가리도 느껴지지 않는 의사의 진단이었다. 맑기만 한 날씨에 무릎이 쑤시면 다음 날 틀림없이 비나 눈이 왔다. 초등학교도 들어가기 전에 신경통이 생긴 거다. 정 걷기 힘들 때만 물리치료로 견디곤 했는데, 스물여덟 되던 해에 용하다는 의원이 말했다. 퇴행성 관절염이네요. 정말이지 조숙한 무릎이다.

중학교 때 허리디스크가 생겼다고 하면 책상에 너무 앉아 있었나 보다고들 생각하지만, 의사는 속지 않았다. 허리가 너무 약해요, 이 키를 지탱할 수 있는 척추뼈가 아니에요. 아직 진단할 단계는 아니지만 몇 년 안에 틀림없이 디스크가 된다며 자신만만하게 예언했다. 딱 일 년 걸렸다. 시키는 대로 운동도 하고 책상에 앉지 않고 서서 책을 읽기도 해봤지만 소용없었다.

만성위염도 역류성 식도염도 급성신장염도, 생활습관이 특별히 나빠서가 아니라(좋지도 않지만) 위장 기능이 원체 약한 게 원인이라 했다. 푹 쉬고 스트레스받지 않아야 한다는 만병통치 처방을 매번 받는다. 한번 시작되면 며칠 동안 먹지도 자지도 못하게 하는 편두통도 특별한 이상과 원인이 없다.(통증은 증상일 뿐, 발견되지 않으면 이상이 아니다.) 선크림을 안 바르고 나가면 화상을 입고, 며칠 연속으로 바르면 화장품 트러블이 생긴다. 한여름에 긴소매를 입어도 툭하면 햇빛 두드러기가 올라오고, 연고 처방을 받으러 병원에 가면 벌레를 잘 타니 관리를 잘하라 한다.(어떻게?)

한라산에 처음 오른 후 무릎 통증이 오래 가기에 한의원에 가니 연골이 찢어졌단다. 무리해서 과격한 운동을 하면 그럴 수 있단다. 같이 간 친구는 치마에 샌들 차림이었다는 말은 하지 않았다. 뭐 달라진다고. 몇 년 뒤 짧은 코스로 시간을 두 배 들여 설렁설렁 올라갔다 왔는데, 이번에는 발목이었다. 접질린 마냥 부었는데 안 넘어졌다고 하니 한의사가 신경질을 내며 침을 마구 찔렀다. 그 후로 한참 동안 한라산에 안 갔다.

허리디스크로 꼼짝할 수 없어 입원한 적이 있다. 첫 교정시간에 물리치료사가 무릎을 잡더니 어? 일 초 끊었다 말했다. 관절이 엄청 약하네요. 무릎이 항상 아파요, 지금은 허리 땜에 입원했지만. 혹시 손목 굽히면 엄지가 팔에 닿지 않아요? 어떻게 아셨어요? 그는 한숨 비슷한 웃음소리를 냈다. 제 아내가 그렇거든요. 선천적으로 근력이 없는 몸이에요, 평생 고생하는. 옆에 있는 사람도 같이 힘들고요, 라는 말에 울고 싶어졌다가, 옆에 사람이 없으니 울 일도 아니군, 심드렁해져 버렸다.

관리라는 말에 예민하다. 건강관리, 몸매관리, 외모관리, 자기관리… 건강하지 못한 것도, 근육질에 마른 몸이 아닌 것도, 어려 보이지 않는 외모, 스펙이며 인맥이 빈약한 것

모두, 관리를 못한 개인 탓으로 돌리는 사회 분위기가 싫다. 새 옷을 사면 태그부터 자르고 빨아 입는다. 내복이나 집에서 입는 옷은 솔기가 바깥으로 가도록 뒤집어 입는다. 뭘 더 어떻게 해야 하나. 가려움을 참다 참다 시내에 딱 하나 있는 전문 피부과에 가면 긁어서 그런 거란다. 뭔가 바뀌지 않았어? 신경질이 폭발하면 기어이 피를 본다. 아 몰라 어차피 낫지도 않을 거, 긁을 테야 긁어버릴 테야. 피부가 얼룩덜룩한 건 순전히 손톱을 제대로 관리 못한 탓이다.

그러니까 말이지. 이렇게 삐뚤어진 성격은 선천적으로 부실한 신체에서 비롯된 거다. 타고난 심보라는 거지. 보통에 한참 못 미치는 신체 능력으로 평생을 살아간다는 건 보통 일이 아니다. 남들보다 훨씬 많은 에너지가 필요하고, 남들보다 빨리 지친다. 매일 매 순간 피로하다. 포기하는 게 많아지고, 점점 빨라진다. 근성 없고 불만 많은 사람인 게 들통나 점점 외톨이가 된다. 아 됐어, 다 귀찮아.

늘 오해를 사지만, 딱히 불평하고 있는 게 아니다. 천만다행으로 타고난 게 있으니 이 몸에 딱 맞는 속도 감각을 가졌지 뭔가. 느리고 게으른 성격 덕에 날마다 '아 몰라 다 귀찮아'를 외치는 삶이 그다지 괴롭지 않다. 한 달 내내 처박혀 책만 읽어도 좋다. 하고 싶은 일이라야 읽고 쓰는 정돈데, 글은 앉아서도 누워서도 읽을 수 있고 쓸 수도 있다. 조금 더 튼튼한 몸이었다면 조금 더 건강한 글을 쓸 수 있을 텐데, 라는 아쉬움쯤 있지만 금세 잊는다. 늘 어딘가 아프고 삐뚤어진 사람의 이야기를 구상하는 쪽으로 마음을 둔다. 타고난 운명과 수명을 어쩌겠냐고.

누군가는 체념이라 하지만 부실한 몸으로 지금껏 살아오면서 터득한 나름의 낙관이다. 게다가 체념을 체념한다 해서 아픈 게 안 아프게 되지도 않는다. 지금보다 더 아프고 불편해질 삶일 테지만, 그건 그때 가서 생각할 일이고. 선천적으로 삐뚤어진 심보를 이용해 체념으로 꿈을 삼았다. 잔뜩 꼬아 삼았으니 더 질긴 꿈 아닐 텐가.

　　　　　　　머리는 2, 3주 만에 멋대로 뻗
치기 시작한다. 펌을 한 적도 없고 빗질도 드라이도 하지
않으니 당연하다면 당연하다. 손이 자꾸만 머리카락 끝을
배배 돌리고 쥐어뜯기 시작하면 미용실 갈 때를 이미 놓친
거다. 내일, 내일은 꼭… 기어이 2, 3주가 또 간다.

단골 미용실은 예약이 다 찼다는데 오늘만은 꼭 머리를 자
르고 싶다. ㄴ동에서 미용실이 유난히 많이 보였던 게 기억
난다. 빈자리가 한 군데는 있겠지, 무작정 나서봤다. 숍 세
군데는 문을 닫았고 살롱 세 군데는 손님이 꽉 찼다. 클럽
은 남성 전용이었고, 여덟 번 두드린 끝에 삼십 분 후 자리

가 난다는 '원'을 찾았다. 아슬아슬하게 소나기를 피해 들어
와 앉았다.

대기의자에서 책 읽다 무심코 고개를 드니 거울 속 내가 나
를 보고 있다. 오른쪽 귀 위로 한껏 휘어 올라간 머리가 눈
에 거슬리지만, 곧 잘려나갈 테니 외면하기로 한다. 그런데
옷은 어떻지? 차려입진 않았지만 갓 일어나 택배 받으러 나
온 차림으로 보이지도 않는다. 안심이다.
안심이라니, 뭐가?

　　　- 이쪽으로 앉으세요.

아, 네. 생각의 실 끝을 잡은 손가락 두 개가 떨어지지 않게
조심하며 앉는다. 이렇게 저렇게 잘라 달라고 얘기한다. 설
명이 길어진다. 단골집에 갔더라면 간단했을 텐데. 방심하
다 실을 놓치고 만다.
손을 많이 타는 곱슬머리다. 솜씨 있는 미용사는 결을 잘
이용해 자르는데 그러지 못하면 금세 자른 데가 지저분해
진다. 몇 번 감고 나면 사방으로 삐죽삐죽 튀어나와 자르나
마나 한 모양새가 된다. 괜찮을까?

- 숱도 많고 너무 예쁜 곱슬이네요.

한 번에 귀에 들어오지 않아 대꾸하지 못했다. 나한테 하는 말? 거울에 비친 건 가위를 든 그와 커트보를 걸친 나뿐이니 그렇다고 봐야겠지?

내 머리에서 나고 자란 털, 세상에 나와 처음으로 예쁘다는 말을 들었다. 감개무량도 부족한데 주인이란 양반은 처음 듣는 칭찬에 어버버 중이다. 칭찬도 받아봐야 빠르고 바르게 대응할 수 있다. 익숙지 못하면 이 모양이 된다. 심지어 의심도 한다. 정말 예쁘다는 말일까?

- 아주 건강한 머리죠.

이 말은 제법 들어봤다. 예쁘다, 결이 좋다가 아닌 건강하다는 표현. 펌이나 탈색, 염색을 안 해 그렇다. 약품을 써서 지지고 볶으면 상할 수밖에 없는 게 머리카락인데 괴롭힘 받는 일이 없으니 매우 건강하다. 하다못해 드라이어 바람도 맞지 않으니 갈라진 데라곤 없다.

그러나. 건강하다는 말이 칭찬인가 하면, 꼭 그렇지는 않다. '머리하는' 곳에서 들을 땐 특히. 머리가 '너무' 건강하네요. 드라이도 잘 안 하신다고요? 이 커트는 세팅을 좀 해주셔야 예뻐요, 나이도 덜 들어 보이고. 여기(손가락은 정확히 새치를 가리키고 있지만 절대 직접 언급하지는 않는다.)가 눈에 거슬리진 않으세요? 부분 염색만 해줘도 훨씬 좋을 텐데요. 이렇게 진행되기 일쑤다. 이때의 건강은 무관심이다. 길게 풀면 나이 든 게 자랑도 아니고, 관리 좀 하세요, 다.

오늘은 다행히 이야기가 그 방향으로 가진 않았다. 건강은 건강이었다.

- 너무 좋은 머리예요, 복 받으셨네요.

심지어 복이었다. 타고난 줄도 모르고 사십 년 훌쩍 넘도록 살다 되찾았으니 아닌 게 아니라 복이 맞다.

20대 때 매직 스트레이트라는 게 유행했다. 돼지털도 찰랑찰랑 비단결로 바꿔준다는 매직이었다. 그때는 미용실 가는 게 일이었다. 치과와 카센터 가는 게 일인 것처럼. 너도 나도 달려들어 내 머리를 펴지 못해 안달이었다. 미용사 한 명을 물리면 매니저라는 사람이 오고, 그다음엔 원장이 나서서 설득의 기술을 시전했다. 아무리 심한 곱슬도 다 펴진다, 한두 시간이면 된다, 비용도 얼마 안 한다, 다른 집 가봐야 헛거다, 길에 나가 봐라, 요즘 이렇게 (곱슬로, 라는 의미지만 역시나 직접 언급하지 않는다. 어쩐지 범죄자가 된 기분이다.) 다니는 사람 한 명도 없다, 요즘은 자기관리에 투자해야 하는 시대다. 아아 이 미용사는 왜 이렇게 손이 느린 거야, 일부러 천천히 하는 건가, 그나저나 이 사람들은 포기를 모르는 거야 말귀가 어두운 거야. 성가신 사람들을 물리느라 내 머리는 점점 더 짧아져서 나중에는 갓 제대한 군인같이 되기도 했다. 머리가 조금만 구불거려도 '매직'하라고 달려들어서 아예 곱슬 티가 안 나는 길이로 잘라버린 거다.

30대에는 탈모 관리해야 할 나이라며 내미는, 두피에 좋다는 샴푸와 특수제작했다는 빗과 마사지 쿠폰 등을 물려야 했고, 40대가 되니 염색의 압박이 시작되었다. 염색해야겠네요? 염색할 때가 지난 거 같은데요? 염색 안 하세요? 왜 안 하세요? 어릴 때부터 유난히 새카만 머리라 흰 가닥도 유난히 튀는 거다. 반짝이는 가닥들이 사람들의 눈길과 참견을 끄는 걸 막을 길이 없다. 대꾸가 귀찮으면 그냥 웃고 만다. 말 많은 미용사가 있는 데는 안 간다. 오늘은 아주 드문 날이다. 이 드문 경험에 방점을 찍듯, 머리털 나고 첫

덕담까지 들은 거다.

내 머리에 붙어있는 털은 사십 년 전과 크게 다르지 않다. 한데 처음으로 복이라는 말을 들으니 머릿속이 흔들어놓은 스노글로브가 된 기분이다. 말들이 뒤죽박죽 콩케팥케 엉망진창 날아다닌다.

예쁘다, 촌스럽다, 건강하다, 어리다, 나이, 관리… 말은 입에서 나와 대상에게 도달하는 순간, 자체의 뜻을 잃고 다른 의미를 입는다. 나는 의미가 아닌 의도를 받는다.

같은 사물을 두고 같은 말을 사용하는데 뜻이 모두 다르다. 이런 식으로 생각하다 보면 딱 골치가 아프다. 말하는 게 무섭다. 듣는 것도 무섭다. 내가 저 사람 말을 얼마나 알아들을 수 있을까. 끝이 안 난다. 그럼 입을 닫고 살아? 그러자니 너무 심심할 거 같고.

그만, 여기까지 하자. 인사치레든 뭐든, 평생 좋은 소리 못 듣다 딱 한 번 들은 긍정의 말은 기분 좋은 환기가 됐다. 그걸로 됐다. 해야 할 말이라면 담백하게 하자. 말에 감정이니 의도니 잔뜩 짐 지우지 말고. 없어도 그만인 머리털 얘기 아니라도 골치 아픈 일은 널렸다.

나는
토마토를
못 먹습니다

타인을 이해한다는 건 한없이 불가능에 가까운 일이다. 입고 있는 옷이나 취미, 좋아하는 책이나 음식 따위로 어떤 사람을 총체적으로 파악하려는 시도는 오만하다. 무의미하다 할 수는 없으나 실패할 수밖에 없다. 그 사람의 성격이라 믿는 건 알고 있던 약간의 지식 사이에 억지로 끼워 맞춘 편견과 고정관념이다. 본모습과는 거리가 있다. 몇 가지 표면적인 정보로 연역해 낸 선입견으로 타인을 보는 것이다. 물론 A와 B를 잇는 연관성이라고는 없다. 우리가 그 사실을 의도적이든 아니든 간과하고 있을 뿐이다.

그런 헛된 시도일지라도 타인을 이해하려는 노력이라고 한다면, 좋다. 어긋난 추론으로 인한 결론은 새로운 정보를 더해 계속 수정해 나갈 수도 있다. 하지만 그렇게 간단히 고칠 수 있다면 고정관념이 아닐 테다. 우리는 좀처럼 자기 생각의 오류를 인정하지 않는다.

취향이 성격 일부를 이룬다는 생각에는 어느 정도 동의한다. 음식과 성격의 상관관계도 분명 있긴 할 거다. 한데 그 '관계'를 지나치게 믿으면 곤란하다. 식단이란 본인 의지와는 다른 이유, 예컨대 신체, 환경, 경제 조건 등의 이유로 수시로 바뀌지 않나. 하나 그 사실 역시 우리는 곧잘 잊으므로. 음식으로 성격을 판단하려는 시도는 계속되고, 도출된 선입견은 사소한 오해를 부른다. 당사자에게는 결코 사소하지 않은 오해로 인해 불편한 상황이 생기기도 한다.

나는 토마토를 못 먹는다. 태어날 때부터 이랬을 리는 없는 게, 썩 좋아하진 않았어도 엄마가 설탕을 뿌려주면 곧잘 먹었다. 성인이 된 어느 날부턴가 토마토를 씹으면 혓바늘이 돋고 입술이 벗겨지기 시작했다. 어떤 물질이 몸속에 일정량 쌓이면 알러지가 생기는 경우가 있다더니 딱 그런 모양이었다. 입에만 대도 호흡곤란이 올 만큼 심각하진 않다. 케첩이 많이 들어간 햄버거, 피자를 먹으면 혀가 쓰라리고 치과에서 마취 주사 맞은 것처럼 입술이 뻣뻣해지는 정도. 그래서 뭘 먹을 땐 토마토가 들어갔는지 확인부터 한다.

가끔, 토마토가 들어있는 줄 알면서도 샌드위치를 먹을 때가 있다. 빵을 펼쳐 일부를 골라내는 걸 보면 야릇한, 더러는 혐오의 표정을 짓는 이들이 꽤 있어서다. 토마토 싫어하나 봐요? 제가 잘 못 먹어요. 토마토가 몸에 얼마나 좋은데요. 안 먹는 게 아니라 못 먹어요, 알러지가 있어서요. 그래도 한번 먹어봐요, 익혀 먹으면 더 좋대요. 알러지 때문에요. 이쯤 되면 난데없는 심문이 되기도 한다. 그럼 파스타도 안 먹어요? 크림소스만 먹어요. 햄버거도 안 먹어요? 토마토만 빼고 먹으면 괜찮아요. 근데 왜 못 먹는 건데요? 네? 먹으면 어떻게 되는데요? 뺀다 해도 옆에 이미 묻었을 텐데. 그 정도는 괜찮아요. 그럼 그냥 먹어도 되는 거 아녜요? 바로 응급실에 갈 정도는 아니라면서요.

결국, 음식을 제대로 못 먹거나 체하고 만다. 뭘 먹을 때 맘에 걸리는 게 있으면 바로 탈 나는 위장이라. 게다가 심문에 지쳐 우울해진다. 상대는 내가 까탈스럽다며, 혀를 차진 않지만 분명 호의는 아닌 표정을 짓는다. 점점 서로 불편해진다. 몇 번 그런 일을 겪고 나니 헛바늘이 돋는 게 차라리 낫겠다는 결론에 이른 거다.

불행히도, 날이 갈수록 못 먹거나 먹기 힘든 음식이 늘어간다. 마른오징어를 씹지 못하고 홍차와 인삼 음료를 마시면 두드러기가 나는 건 분명 내 탓이 아니다. 하지만 내가 고의로 까탈을 부린다는 듯 탓하는 이가 많다는 사실이 이젠 놀랍지도 않다.

비약이 심하다고 할지 모르나, 나는 이 일로 사람은 좀처럼 타인을 이해할 수 없고, 노력조차 하지 않는다는 생각을 하게 되었다. 타인에 대해서는 깊이 생각하지 않는다. 쉽게 판단하고 쉽게 말한다. 뭘 묻더라도 그뿐, 대답을 제대로 들을 생각은 없다. 사람들은 내가 토마토를 못 먹든 안 먹든 관심이 없다. 본인이 좋아하고 몸에 좋은 토마토를 먹지 않으니, 이해할 수 없는 사람이라 결론지을 뿐이다. 먹기 싫은 걸 골라내고 좋은 것만 취하는 까다롭고 편협한 사람으로 본다.

나는 산낙지를 먹지 않지만, 산 채로 음식을 먹는 사람들이 모두 잔인하고 폭력적인 본성을 갖고 있어서 언제든지 사이코패스 살인마로 돌변할 수 있다고는 생각하지 않는다. 감자튀김에 케첩을 찍어 먹지 않고 카프레제 샐러드에서 치즈만 먹고 토마토를 남긴다고 해서 까칠하고 속 좁은 사람이라고 단정 짓지 않아 주었으면 좋겠다. 사람의 성격이란 그리 간단한 게 아니니까 말이다.

제 눈에
　　　구피
엄마 눈에 꽃

　　　　　며칠 전 갔던 카페에서 오랜
만에 어항을 봤다. 와, 어항 물고기 오랜만! 표은 아예 유리
에 코를 박았다. 관심 있게 몇 가지 묻자 사장이 후다닥 바
에서 나와 물고기들의 족보와 역사를 읊기 시작했다.
어항에 수백 마리가 바글대고 있었는데 구피대디는 애가
첫째고요, 애가 셋쨋데요, 하며 다 똑같은 애들 중 하나를 1
초 만에 짚어내는 신공을 보여주었다. 끼고 있는 게 특수안
경인가 싶을 만큼 놀라운 눈이라 생각하며 나는, 물고기는
안 보고 자꾸 그의 얼굴만 봤다. 마스크 아래 달아올라 있
을 발간 볼을 본 듯했다. 화가 아니라 좋아하는 것에 볼을
붉히는 그 안의 어린아이가 반가웠다.

오늘이 어린이날이다. 1980년대의 어느 해, 어린이날은 사생대회와 백일장을 하는 날이었다. 교내 대회를 거친 학교 대표 아이들이 공설운동장에 모여 시 대회를 했다. 언니가 단체 버스를 타고 백일장에 참가하러 간 날, 우리 식구들-동생을 업은 엄마, 아빠, 나-도 시내버스를 타고 언니를 응원하러 갔다.

운동장에 펼쳐져 있는 광경은 놀라웠다. 수천 명의 아이들이 땅바닥에 앉거나 엎드려 화지와 원고지에 작품을 채워 넣고 있었다. 스탠드에도 학생수와 비슷하거나 더 많은 인파가 바글거렸다. 부정행위를 방지하겠다고 시험장에 들어가지 못하게 한 인솔 교사들, 우리처럼 아이를 응원하러 온 식구들이었다.

아침에 엄마는 제일 좋은 옷을 큰딸에게 입혔다. 직접 지은 작은 꽃무늬 원피스. 하지만 운동장 한가득 만발한 꽃들 속에서 작디작은 연분홍 꽃 하나를 찾아내는 건 불가능했다. 겁이 더럭 났다. 언니를 못 찾으면 어떡해, 같이 돈가스 먹으러 가야 하는데. 싸갖고 온 사이다도 줘야 하는데… 언니가 목이 마를 것 같았다. 그늘 하나 없는 운동장은 말 그대로 뙤약볕이었다. 천막이라도 좀 쳐주지 않고. 옆에 있던 아줌마가 이를 물고 말했다.

그 말을 들으니 더 겁이 났다. 울상으로 발개진 내 얼굴을 보고 아빠가, 목마르면 마실 거 줄까? 물었다. 도리도리. 아이구 덥다, 벌써 다 미지근해졌겠네. 이 말이 더욱 서러워 울음이 막 터지려는데, 엄마가 아빠 어깨를 쳤다. 저기 있네, 우리 딸!

엄마는 눈이 좋았다. 식구 중에 안경 한 번 안 써본 건 엄마뿐이다. 하나 아무리 눈이 좋대도 운동장에서 꽃 하나를 찾아내는 건 기적이었다. 엄마가 가리키는 손가락 끝을 한참 헤매던 아빠가 간신히 고개를 끄덕이며 웃었다. 맞네. 언니 저기 있다, 저쪽으로 가자.

우리 엄마는 굉장한 사람이었어! 이번에는 흥분으로 얼굴이 달아올랐다. 인파를 헤치며 꽃 찾으러 가는 길, 아빠가 멘 가방 안에서 사이다병이 부딪치는 소리가 났다.

　　　　　　　　　　새 일을 시작했다. 그러니까
밥벌이. 안 해 본 일이고 할 거라 생각도 안 해 본 일이다.
삼 주 전의 나는 지금의 나를 조금도 상상 못 했다.

타고난 몸치, 몸꽝에 안 해 본 걸 하면 바로 반응하는 성미
급한 몸이다. 작용-반작용과 같다. 평소 안 먹던 걸 먹으면
배탈이 나고 새 옷을 빨지 않고 입으면 두드러기가 나는 현
상 같은 거.
그런 몸이 너무나 오랜만에 일을, 태어나 처음인 일을 하고
있으니 여기저기서 내는 반응은 모두 당연하다. 습진이 심
해지고 혓바늘이 돋았다. 허리, 다리, 발뒤꿈치가 쑤시는

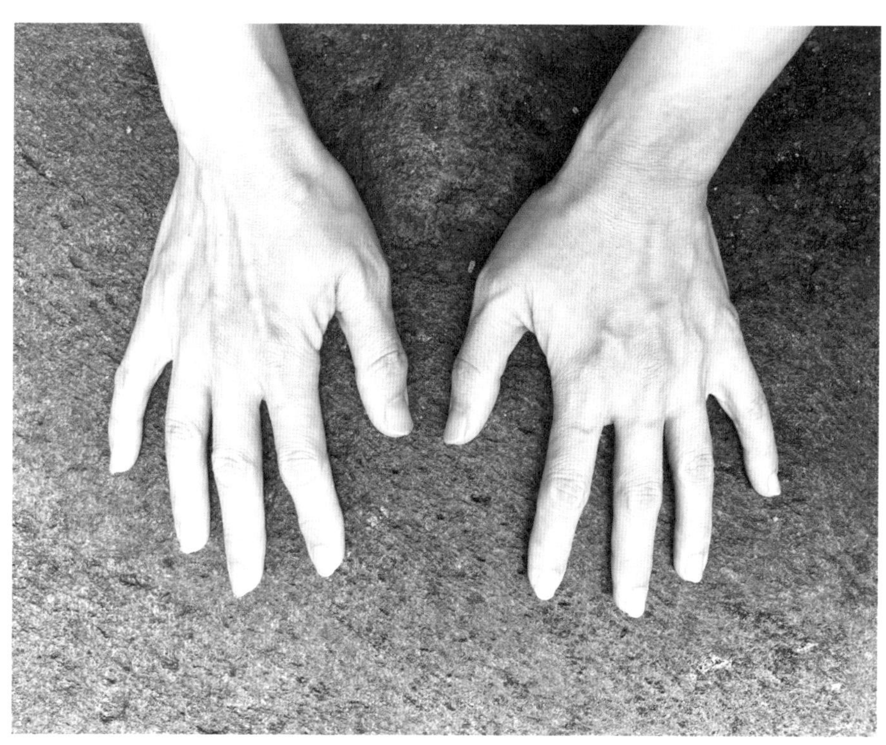

것도 당연한데 제일 격렬한 반작용을 보이는 건 손이다. 손이, 손목과 아귀와 손가락 마디와 손톱뿌리가 골고루 뻐근하다. 익숙지 않은 동작을 많이 한 탓이다. 아직 요령이 붙지 않아 불필요한 힘도 많이 썼을 테다.

피로와 통증쯤이야 예상했지만 제일 심한 게 손일 줄이야. 이건 예상 못 했다. 원래 약한 허리와 목이 아플 줄이야 알았지만.

게으른 손이라는 말을 듣곤 하는 손이다. 고생이라곤 모르는 손, 이란 말도 들었지만 늘 억울했다. 그런 말은 부잣집 규수의 섬섬옥수에나 어울릴 테다. 용돈은 고사하고 교재비도 제때 타 본 적 없어 수능 끝나자마자 피자 나르러 갔던 손에게 마땅한 말은 아니라며 속으로만 툴툴대곤 했다. 예쁜 손이란 뜻이었다는 수습도 궤변으로만 들린다.

한데 뻐근한 손을 쥐락펴락, 손가락 마디를 다른 손으로 주물주물하고 있자니 틀린 말도 아니었구나 싶은 거다. 게으른 손 맞구만, 이 정도 갖고 일한 티를 내려 안달이라니. 정말이지 엄살이 심한 몸이다.

그래도. 어설프고 성미 급하고 게으르고 엄살 심한 몸이지만 어떻게든 삐걱삐걱 굴러가주니 얼마나 다행인지. 으악으악거리면서도 일해주고 밥을 벌어주니까. 그러니 들어달라고, 보아달라고 지르는 몸의 비명인 거다. 뭐든 잘 잊는 생각이란 녀석은 혼자 바쁜 척, 신체 부위의 노고는 외면하고 살기 일쑤니까. 너 거기 있었구나. 부서지고 빠지도록 일하고 있었구나. 뭘 먹고 싶은 생각도 없지만 먹어야겠다. 아무렴, 먹어야지. 최고이자 유일한 재산인 몸뚱이인데 잘 보살펴야 살 거 아닌가. 손가락 통증에 감사한 오늘이다.

오래된
물건

(쓰는 ― 마음)

　　　　　　낡고 닳은 물건들에 눈이 간
다. 반짝이는 구두보다 해지고 바랜 쪽이 먼저 보인다. 버
릴 때가 다 되어서야 새삼 붙드는 아쉬움은 옛날 사진을 보
는 마음과 비슷하다. 지난 뒤에야 알게 되는 소중한 시간.
사라진 반짝임을 찾고 싶어 자꾸 돌아보는 걸까.

내 집이 있었다면, 몇 년마다 이사 다니는 처지가 아니었다
면 커다란 창고 하나쯤은 마련하고 살았을 거다. 낡고 부서
진 오만 물건들을 하나 버리지 않고 쌓아두었을 테지. 종일
처박혀 보물찾기하는 비밀 다락방이었을 수도 있겠다.

새 물건이 쌓여 있는 백화점보다 오래된 골목을 걷는 게 재미있다. 오래된 것들엔 이야기가 있으니까. 이런 날 내가 찍은 사진은 고물상이나 분실물 보관소의 물품목록 같기도 하다. 이를테면 모지레기와 모꼬지 사진.

더 못 쓸 정도로 끝이 닳아버린 물건을 모지랑이라 하고, 제줏말로 모지레기라 한다. 뭉그러진 숟가락 같은 거. 옛날 집 문에서 심심찮게 볼 수 있었다. 문고리에 끼우면 빗장으로 딱이었으니까. 모지랑이 대신 큰못을 매어 쓰는 문도 있었다. 대가리 쪽에 줄을 매어 고리에 쏙. 제주 어느 지역에서는 못을 모꼬지라 하는데, 문고리에 꽂혀 있는 모습을 보면 이래서 모꼬지구나, 싶을 정도다. 젓가락을 이용하는 집도 보았다. 숟가락 젓가락은 어느 집에나 있고 닳고 녹슬어 못 쓰게 된 숟가락이나 짝 잃은 젓가락이 늘 생긴다. 기능을 잃은 사물을 다른 데로 이동시켜 새 일을 준다.

물건이 차고 넘치는데 굳이? 라고 생각하는 사람들이 많아질수록, 새 삶을 사는 사물을 보기 힘들어진다. 사물이 사라지니 말도 사라질 거다. 모지랑이와 모꼬지(표준어로는 모임이라는 말)라는 말을 모르는 사람이 이미 많듯이.

오래된 물건, 사라지는 말. 뭐 하나 버리지 못하고 쌓아두는 마음이 사진을 찍을 때와 비슷하다. 찍고는 금세 잊기 일쑤지만, 가끔이라도 들여다보며 추억하고 싶은 마음. 아이의 보물상자를 채우는 건 대개 고물들이지. 하지만 이야기가 담긴 고물들이고, 나는 옛날이야기를 아주 좋아한다.

포기를 먼저 배웠다. 쉬웠다. 원래 내 것이 아니었다고 상기만 하면 되었다. 갖고 싶은 게 생기면 포기의 횟수도 함께 늘었다. 도전이니 패기니, 다 남에게만 해당하는 말이었다.

기대를 물린 삶이라고 평온하기만 한 건 아니었다. 물건 하나 갖기도 쉽지 않았다. 괜찮은 옷 한 벌이 생기면 이 좋은 걸 내가 입어도 되나 망설였다. 결국엔 언니나 동생 차지가 될 때가 많았다. 깨끗이 본 책과 음반은 친구들에게 선물했다. 그게 맘이 편했다. 미련 한 조각도 남기지 않는 단순한 생활이 좋았다.

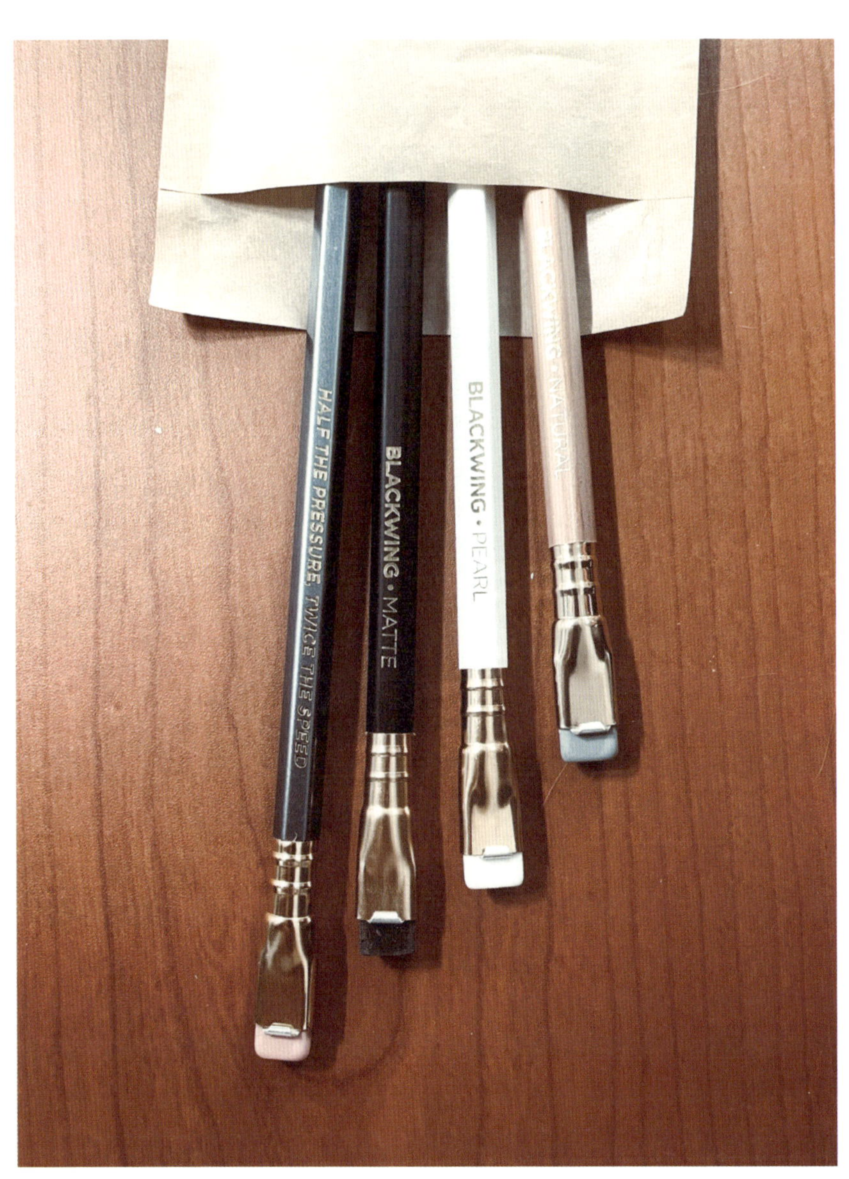

HALF THE PRESSURE, TWICE THE SPEED
BLACKWING · MATTE
BLACKWING · PEARL
BLACKWING · NATURAL

꿈도 없고 하고 싶은 것 하나 없는 단순한 생활. 편하지만 조금 지루하긴 했던 어느 하루였다. 연말모임에 직접 뜬 목도리를 가져갔다. 선물받은 이들 중 한 명이 물었다. 당신 거는?

내 건 뜨지 않았다고 하니 왜 자기 걸 챙기지 않냐고 다시 물었다. 내 생활을 들여다본 사람처럼.

그날 처음으로, 진지하게, '자기'라는 말로 나를 비춰 보았다. 꿈도 없고 하고 싶은 것 하나 없는 단순한 사람. 편하지만 지루한 날들.

집에 오래 박혀있다 좋아하는 날씨가 온 어느 날, 좋아하는 옷을 입고 나갔다. 좋아하는 책방에 갔다. 서서 한참 읽다가, 좋아하는 작가의 소설 한 권과 예쁜 색의 연필을 샀다. 깎지도 못한 연필은 책꽂이 앞에 오래 놓여만 있었지만, 볼 때마다 좋았다. 빈 마음이 일 밀리미터씩 차오르는 듯했다.

포기 없이 좋아하는 나의 한 가지.
연필이 있었다.

연필을 깎는다. 집 아닌 데서 뭔가 쓸 때, 공책 필통 꺼내놓고 가장 먼저 하는 일이다.

동전만 한 연필깎이도 있지만 칼을 가지고 다닌다. 종이를 깔고 칼날을 밀어내며 심호흡을 한다. 손 떨림이 멎을 때까지 크게, 두 번, 세 번.

긴장하는 거다. 초등학교 1학년, 처음으로 허락받고 날을 접어 넣는 도루코 칼로 연필을 깎았던 때처럼. 연필과 칼을 잡은 나는 무릎 사이에 끼운 휴지통에 나무오리를 떨어뜨리던 때로 돌아간다. 입구 모서리에 연필을 대고 심을 갈았

던, 어리고 서툰 손에 땀이 난다. 아차 하는 순간 손가락을 벨 수 있다.

사십 년 가까이 해오면서도 여전히 연필 깎기에 서툴다. 조금도 익숙해지지 않는다. 매 순간이 처음이고, 첫 연필, 첫 칼날이다.

잘 깎고 싶다. 예쁘게 깎고 싶다. 깎아낸 모양이 모두 같았으면 좋겠다. 나무의 각도와 심의 길이가 일정하고 단정했으면 좋겠다. 심끝은 가늘고 뾰족하되 너무 날카롭진 않았으면 좋겠다. 나무에도 흑연에도 칼날 자국이 도드라지지 않았으면 좋겠다. 직선의 자국이 남는 건 싫다. 칼날을 세워 살살 긁어 나무 날을 간다. 뭉툭하게, 쥐었을 때 모서리가 손가락에 닿지 않도록.

바지에 아무리 문질러도 손바닥은 자꾸만 연필 위에서 미끄러진다. 다시 심호흡한다. 손 떨림이 멎을 때까지 크게, 두 번, 세 번. 진동이 칼날에 전해지는 순간 심은 부러지고 만다.

조금 더 뾰족하게 갈려다 부러져버린 심끝은 심장에 박힌다. 아프다. 찔린 자국이 남는다. 심장에 검푸른 점투성이다. 매번 처음처럼 아프다. 돌이킬 때마다 욕심의 파편이 욱신거린다.

잘하고 싶다. 예뻤으면 좋겠다. 흔적을 남기고 싶지 않다. 실수하고 싶지 않다. 상처 입기 싫다. 그래서 긴장한다. 매 순간이 처음이고, 첫 일, 첫 삶이다. 오십 년 가까이 살아오면서도 여전히 서툴다. 조금도 익숙해지지 않는다.

심호흡한다. 심장의 떨림이 잦아들 때까지 크게, 두 번, 세 번. 내가 있는 곳, 눈앞에 있는 시간을 본다. 여기, 지금.

연필을 깎는다.

　　　　　　　　오랫동안 아껴 입은 옷에 작
은 구멍이 생겼다. 어디에 걸리거나 하지 않아도, 조심히
빨고 고이 보관해도 오래되면 어느새 이런 구멍이 생긴다.
시간은 한 올 한 올 삭아간다. 보이지 않는 곳에서 착실하게.

전에는 구멍 난 양말을 꿰매 신기도 했는데 요즘은 안 그런
다. 꿰맨 양말은 얼마 안 있어 또 구멍이 난다는 걸 알았기
때문이다. 낡은 천의 한쪽을 꿰고 매어도 이내 다른 데가
미어지고 터진다. 골고루 삭은 천은 자기의 시간을 다했다.
보내주어야 한다.

근데 잘 안 된다. 욕심은 옷 한 벌도 쉬 놓지 못하고 쩔쩔맨
다. 움켜쥔 것이 세계라도 되는 듯 손을 풀지 못한다. 착실
히 삭아가는 집착들이 서랍을 열 때마다 좀내를 피워 올
린다.

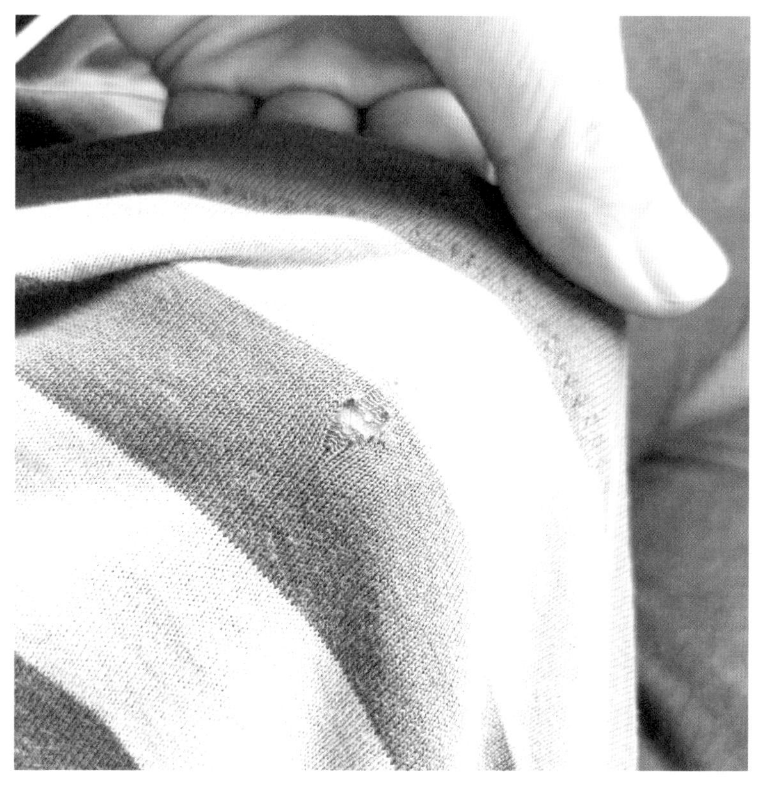

오늘을
　　오늘이게 하는
조금

　　　　　　　옷장 위에 있던 상자를 내렸
다. 얇게 덮인 먼지를 후, 부니 날아가다 만다. 쳇. 물티슈
를 가져다 닦고 뚜껑을 열었다. 후드티와 조끼, 스웨터 몇
벌 꺼내니 바닥의 실리카 겔이 보인다. 주황색 티를 코에
대니 희미한 섬유유연제 냄새. 곰팡내는 안 나니 괜찮군,
냉큼 입는다. 꺼낸 스웨터는 서랍에 넣고 서랍에 있던 얇은
옷으로 상자를 채운다. 내릴 때보다 조금 가벼워진 상자를
제자리에 올렸다.

랩탑을 두들기다 잠시 멈춤. 오른손으로 마신 커피잔을 왼
손으로 옮겨 내려놓다 소매가 해진 걸 발견했다. 입을 땐

보지 못했던 부분이다. 윤곽이 무너진 정도가 마침 비슷했을까, 텀블러 표면의 반쯤 지워진 글씨도 새삼 눈에 띈다. 여태 의식도 안 되던 글씨가 흉해 보여 손톱으로 긁다가, 괜히 소매 솔기까지 긁기 시작한다. 실밥과 함께 부풀어 비어지는, 꿰매두고 잊었던 상념들에 아연.

티를 벗어 이리저리 살폈다. 주머니에도, 진동선에도 솔기가 미어진 작은 구멍이 있다. 하나하나는 거의 눈에 안 띄는데 수가 제법 된다. 한 군데를 꿰매면 이내 다른 데가 벌어질 테지. 옷의 수명이 다한 거다. 이 계절만 입고 버려야겠다. 어라, 익숙한 느낌인데? 지난봄에도 같은 말을 하면서 꺼내 입었던 거 같다. 많이 낡았네, 몇 번 입고 버리자, 해놓고 빨아서 상자에 넣을 땐 까맣게 잊었다.

지난여름과 오늘 아침은 이미 과거가 되었다. 몇 시간 전에도 나는 과거를 개어 넣고 구석에 쌓았다. 미래에 같은 옷을 꺼내며 비슷한 말을 할 거라 생각하니 혼란하다. 미래와 과거가 같은가? 그럼 현재란 뭐지? 순식간에 과거가 되는 현재, 과거를 입는 미래에 의미란 게 있나? 옷장 위에 상자가 있다. 어제도 같은 모습으로 있었다.

지난겨울엔 대체 뭘 입고 살았담, 새 옷을 좀 사야겠다, 했는데 금세 헌 옷이 될 걸 생각하니 어째 귀찮다. 지겨워진다. 오늘도 어제 같고, 내일도 오늘 같을 텐데 참 따분한 삶이다 싶다. 카르페 디엠은 어디로 갔담.

손목이 간지럽다. 뭐가 간지럽게 하나, 보니 소매 실밥이다. 아까 긁어댄 솔기에서 몇 밀리미터쯤, 천보다 약간 짙은 색 실밥이 나와 있다. 이맘때면 피부가 한층 예민하다. 긁으면 덧나니 연고를 찾는다. 어제보다 조금 더 굳은 연고를, 어제보다 조금 더 힘 주어 누른다. 하루아침에 겨울이 돼버렸네, 중얼거리다 알았다. 이 하루아침이 오늘이란 걸. 어제와의 경계, 내일과의 경계란 없지만, 달라진 조금이 오늘을 오늘로 인식하게 한다는 걸. 같지 않구나. 틀린그림찾기에 성공한 기분이다. 마음이 조금, 간지럽다.

역시, 새 옷을 사야겠다. 낡은 옷을 버리고 기쁘게 입어야지. 오래 입던 옷과 크게 다르지 않은 모양과 색일 테지만, 조금 산뜻해진 옷차림 덕에 오늘을 보내는 마음도 조금 괜찮아지겠다.

그래도 역시 냉장고는 있으면 좋겠지만

열흘 정도 전, 그러니까 폭염이니 열대야니 하는 말이 징그러워지기 시작한 복날 한가운데쯤 되는 날이었다. 냉장고가 고장이 났다. 아침에 물을 마시려고 열었더니 더운 공기가 훅 끼치고 문에서 물이 뚝뚝 떨어졌다. A/S 신청을 하니 에어컨 수리가 밀려 일주일은 기다려야 한단다. 할 수 있는 게 없으니 얌전히 기다릴 수밖에.

다음날 A/S 기사가 전화해서 묻기에 냉장고 상태를 얘기하니 주요부품이 열을 받은 모양이란다. 전원을 한동안 껐다 켜면 정상 작동할 수도 있지만, 안 되면 부품을 교체해야 한단다. 비용은 20만 원이 넘을 거라고 했다. 산 지 4년이 채 안 된 냉장고인데 어째 억울하다. 게다가 열 받을 만큼 무리해서 일을 시킨 것도 아니라는 생각이 든다. 내용물이 공간의 반도 채우지 못할 때가 많은데. 하나 암만 떠들어봐야 혼잣말. A/S는 취소했다. 그만큼 비용을 들여 수리할 바에야 새걸 사고 말지.

근데 얼마나 할까, 새 냉장고는. 중고매장에 가볼까. 저 냉장고는 어떻게 버리지. 아니 그보다 안에 든 걸 처리하는 게 먼저구나. 냉동실에 얼려뒀던 밥과 상하기 쉬운 달걀, 우유를 그날로 먹어치웠다. 다른 음식들도 빨리 쉴 법한 차례대로 처리하고 일부는 버렸다. 사흘 후 냉장고엔 고추장과 물만 남았다.

미지근한 물을 마시면서 진지하게 자신에게 물어보았다. 냉장고가 꼭 필요한가?

생각해보자. 나는 열심히 음식을 만들어 먹지 않는다. 끼니를 거르지야 않지만 있는 재료로 한 번 먹을 만큼만 간단히 만들어 먹는다. 장 볼 때도 오래 먹자고 이것저것 사두기보다 그때그때 먹고 싶은 걸 사는 편이다. 그러니 음식이 냉장고에서 몇 달씩 자리를 차지하는 일은 거의 없다. 사흘 만에 냉장고가 빈 걸 보아도 알 수 있듯이.

사실, 냉장고에 들어있는 대부분은 당장을 위한 음식이 아니다. 먹고 남은 과거의 밥이거나, 언젠가를 위해 넣어둔 미래의 밥이다. 당장 먹을 밥을 만드는 데 냉장고가 꼭 필요하진 않다. 신경만 좀 쓴다면. 잔뜩 사서 남기거나 미리 쟁여두지 말고 필요한 만큼만 사면 된다. 그래서. 냉장고 없이 버틸 수 있는 만큼 살아보기로 했다. 며칠 못 참고 차가운 물과 맥주가 먹고 싶어 전자마트로 뛰어갈지도 모르겠지만.

잊고 있었는데, 어릴 때 집엔 가전제품이 별로 없었다. 세상이 지금처럼 전자제품으로 도배되기 전이었고 우리 집은 가난했으니까. 언제부터 구경도 쉽지 않던 냉장고가, 세탁기와 TV와 에어컨과 청소기가 필수품이 된 걸까. 뭐 나는 지금도 없는 게 더 많지만 대부분 가정에서는 있는 게 당연해진 지 오래다. 한데 이 필수품이라는 말이 묘하다. 꼭 필요한 물건이라는 말인데 정말 그런가? 물론 있으면 훨씬 편하기야 하지. 이불빨래를 손발로 해본 사람은 다 알 거다, 얼마나 힘든지. 하나 힘들지언정 세탁기가 없어도 (당연히) 살 수 있다. 집 안을 채우고 있는 물건 대부분이 그렇다. 없으면 불편하긴 해도 못 살지는 않는다.

따지고 보면 오늘날의 필수품이란 꼭 필요한 물건이라기보다 남들한테 있으니까 나에게도 있어야만 하는 것들이다. 주변 사람들이 가진 건 나도 가져야 하고, 그게 안 될 때 우리는 불행하다(고 느낀다). 불행하지 않기 위해 갖춰야 하는 필수품이 된 거다.

냉장고가 고장 났다 하니 이 더위에 어찌 사냐며 다들 놀란다. 불쌍하단다. 어쩨 좀 부끄럽다가, 잠깐! 뭔가 이상하다. 뭐가 부끄러운 거지? 나는 왜 자꾸만 남들 말 한마디에 불행해지는 걸까.

정신 차리고 다시 질문해보자. 냉장고가 없는 나는 불행한가? 왜 불행한가. 다른 사람들에겐 다 있으니까, 라는 이유는 이상하다. 내가 냉장고를 산다면, 내게 필요한 물건을 내 돈 주고 사서 내가 갖는 거다. 냉장고 때문에 행복하든 불행하든 원인은 나에게서 비롯되어야 한다. 한밤중에 잠이 깼을 땐 아이스크림을 먹어줘야 행복해, 라던가. 이 간단한 걸 자꾸 잊다 보니 늘 만족이 없다. 무얼 가진들 애초에 간절한 게 아니었으니 금세 시들해질 수밖에. 하염없이 바라기만 하다, 바라던 대상만 남고 내가 없어지는 셈이다.

바깥만 보느라 내 존재를 잊어버리고 공허해진다. 아름다
운 물건을 잔뜩 소유한다고 내가 아름다워지는 건 아니
니까.

심각한 척하고는 있지만, 물건 하나 살 때마다 이렇게 고민
하지 않는다. 이야기가 다소 멀리까지 간 건 그저 냉장고란
게 꽤 비싸기 때문이다. 사라진 뒤에야 의식하게 된 시원한
물을 따라 생각이 흘러 흘러간 거다.

그럼 이제 다시 질문해보자. 내가 바랐던 게 무엇이었는지.
밖에서 끌고 들어 온 스트레스와 열대야를 잠시 잊고 숨 돌
리는 시간.
차가운 맥주를 꺼내 마시며 잠깐의 행복을 느끼는 나의 모
습이었다. 냉장고가 아니라.

2만 원어치 충전했다. 리터당 1091원이니 남아있던 거에 더해 20리터쯤 채워졌겠다. 연비가 10킬로미터만 나와준다면 200킬로미터쯤 달릴 수 있겠다. 그게 갈 수 있는 마지막 거리겠다. 내가, 아니 네가.

어디로 갈까. 해안도로가 200킬로미터 조금 넘으니 섬을 한 바퀴 돌 수도 있다. 바다를 끼고 달릴까 하다 산길로 올라간다. 생각 없이 몸을 맡기면 익숙한 곳으로 가게 될 거란 걸 알았다. 목적 없이 달리면 어느새 좋아하는 길에 서 있을 거였다.

서성로를 달려 수망리를 지나 가시리로. 녹산로에서 비자림로를 거쳐 금백조로로. 좋아하는 길은 예전 좋아했던 모습이 아니지만, 기억이 있으니 괜찮다. ㅍ을 만났던 곳, ㅎ과 맨발로 걸었던 곳, ㅅ과 사진을 찍고 ㄱ과 어둡도록 이야기하던 곳의 기억들이 열어둔 창 안으로 밀려 들어왔다. 기억이 기억을 밀어내며 파도를 쳤다.

번영로에서 듣던 노래들. 애조로에서 지어본 노래들. 잡히지 않는 단어를 붙들어보겠다고 서야 할 데를 지나친 날 얼마큼일까. 가사도 모르는 노래를 마구마구 부르다 울음이 터졌던 적은. 평화로로 가야 해, 몇 계절 붙들고 있다 끝내 완성 못 한 문장들은 어디 있을까. 다시 흙먼지로 흩어졌을까. 밟으면 피어올랐다 이내 가라앉는 상념은 뒷거울에 나타났다 사라지는 상보다 시속이 빠른 듯했다.
1100도로, 산록도로, 해안로, 누군가의 이름을 빌려 쓰는 길과 아무도 이름을 지어주지 않는 길들. 목적지가 있을 땐 점과 점을 잇는 선이지만, 멈춰있고 머무를 땐 바닥을 펼쳐 공간이 되어주는 곳. 밥을 먹고 잠을 자고 낮꿈을 꾸기도 했던, 그 길바닥을 모두 모아 이어 펼치면 얼마큼의 넓이가 될까. 그중 한 뼘도 내 것은 아니지만.

그래도 빌려 쓸 수는 있으니까. 누구 건지 신경 쓰지 않고 눈치 보지 않는다. 수산리 삼춘이 그랬단다. 질이 나꺼 너꺼 이시냐_(길에 내 거 네 거 있냐)? 아무 데나 서고 아무 데나 앉는다. 오름 아래서 잠시 멈춰 김밥 한 줄과 커피. 달리면서 많이도 마셨고 흘리기도 많이 했지. 차에서도 커피 냄새가 난다고 ㅁ이 말했었지.

평화로에서 차를 세웠던 미친년. 세운 것도 모자라 눈보라 치는 차 위에 올라섰을 때. 몸속에서 딸깍, 스위치가 바뀌는 소리가 났었다. 튼튼하게 나를 받쳐주었던 차도, 씩씩한 척하던 나도 많이 낡았지만 아직 괜찮다. 스위치는 내려가지 않았다.
달린다. 충전 램프가 깜빡이기 시작했다. 남은 거리를 가늠해 보았다. 아직 괜찮아.

돌아와 폐차신청을 하니 금방 와서 데려갔다. 삼십 분쯤 후 말소등록을 끝냈다며 서류와 함께 몇만 원의 인수금을 보내주었다. 사물이 사라지는 건 순식간이다. 사람의 마음만 오래 구질구질했다.

쩍. 소리를 들었다고 생각했다. 붓던 커피를 내려놓고 손끝으로 잔을 건드려봤다. 이리저리 기울여 살폈지만 멀쩡해 보였다. 잘못 들었나 보군, 생각을 바꾼 건 당연했다. 유리컵도 아니고 펄펄 끓는 물도 아니었으니.

아니었다. 며칠 후 커피색 금을 발견했다. 그땐 없던 금이다. 스며든 커피가 물들어 드러난 모양이다.
표면만 얕게 갈라진 듯 물이 새진 않는다. 그래도 언제 깨질지 모르니 쓸 수는 없다. 이 찻잔은 쓸모를 다했다. 보낼 때가 왔다.

클림트의 팬이라거나 화려한 잔이 취향은 아니고 선물받은 찻잔이다. 첨엔 좀 부담스러웠던 금박에 이제야 익숙해진 참인데 아깝게 됐다. 그런데 말이지. 어느 미술관에서 샀을 화려한 기념 찻잔은 원래 전시용이었던 게 아닐까. 그래서 얼마 쓰지도 않았는데 존재에 금이 가 버린 건가. 그런 생각이 드는 거다, 지금에서야.

커피 물이 아니면 보이지도 않았을 실금 하나일 뿐인데. 그토록 가는 금에도 커피는 스며들고 제 색을 들였다. 쩍. 들릴 듯 말 듯했던 소리는 찻잔의 시간이 끝나는 소리였다. 보이지 않고 들리지 않는 곳에 사물의 시간이 있다. 금 가고 물이 들고 소리 없이 존재를 소진하면서, 사람의 시간도 간다.

사물
　　인연

　　　　　　　신기 전에 잠시 고민한다. 이
렇게나 떨어진 걸 신고 나가도 될까? 그러나 결국 신고 나
간다. 설마 뭔 일이야 있겠어? 갑자기 엄지발가락이 까꿍!
하거나 밑창이 통째로 떨어져 나간다거나 말이지. 그리고,
누가 내 발을 쳐다보기나 한다구?

가끔 쳐다보긴 하더라. 한마디 붙이기도 하고. 신발 장만할
때가 한참 지난 것 같은데요?
그게 말인데. 아직 이 신발만큼 잘 맞는 아이를 못 만난 관
계로, 새 인연을 만날 때까지는 신을 작정이다.

궁합이라고 표현하는 사람도 있지만 나는 인연이라고 한다. 물건 중에는 마음에 들고 들지 않고 하는 취향과는 별개로, 나와 잘 맞는 물건과 그렇지 않은 물건이 있다. 잘 맞는 물건을 만나는 순간 인연이 시작되는 거다.

우리는 수많은 물건에 둘러싸여 살지만 좋은 인연은 몇 안 된다. 구매하고 소유한다 해서 모두 인연이 되지는 않으니까. 어떤 물건은 끝내 내 것이 되지 못하고, 어떤 물건은 나쁜 영향을 주기도 한다. 시기의 문제도 있다. 어떤 물건은 오랫동안 바라만 보거나 마음에 품고만 있어야 한다. 가끔은 떠났다가 돌아오는 인연도 있다.

좋은 물건이란 비싼 물건이 아니라 나와 잘 맞는-좋은 인연의 물건일 거다. 낡은 이 신발이 지금 내게는 가장 좋은 신발이다. 신은 지 곧 십 년이 되는 여름 운동화. 내 발 모양과 걸음걸이에 길이 들 대로 들어서 좀 두꺼운 양말 하나 신은 듯 약간의 거슬림도 없다. 다른 운동화가 있는데도 결국 이 후줄근한 걸 신고 나가곤 한다.

제주에 갓 왔을 때 구둣방이 어딨는지 수소문한 적이 있다.

밑창이 너덜너덜해진 워커를 맡겨야 했다. 다들 그러더라. 요즘 누가 신발을 수선해서 신어? 그래도 두어 번은 구두장이를 찾아가 고쳐 신었다. 그때 운동화 수선도 되냐고 물어봤다. 요즘은 재료 구하기가 힘들어 찢어진 데를 꿰매는 정도밖에 할 수 있는 게 없단다. 그러리라 짐작은 했지만 좀 섭섭했다.

제주 오기 전부터 신던 신발이다. 신고 해외에도 여러 번 갔다. 섬에 와서 칠 년 동안 오름과 바다와 산과 숲을 걸었다. 중산간 마을, 해안 마을을 걸으며 사진을 찍고 글을 썼다. 내 작품의 반 이상이 이 신발을 신고 만든 거다. 책, 전시 사진, 기고 자료와 글 모두.

마냥 게으른 휴일. 방바닥을 뒹굴다 문득 생각나 신발을 빨아 넌다. 찢어진 데가 더 찢어지지 않게 살살 문지르며 수고했다 말해 준다. 나에게 하는 말처럼.

인연에 대해 생각한다. 부디 이기적인 내가 아니길. 사람과 사물, 그 모든 인연에 감사하는 내가 되길 바란다.

꽃이 폈다고
편지를 썼다

(쓰는 ― 마음)

당신
생각이
나서

       꽃이 예쁘면 나이 든 거라는 말이 괜히 생기진 않았을 테다. 나도 어릴 땐 꽃이 뭐 그리 예쁜가, 했다. 단체로 비행기 타고 가 유채꽃밭에서 찍어온 사진이 어느 집 TV 위에나 놓여 있었어도 눈길 한번 준 적 없었다. 꽃밭만 보면 뛰어가 사진 찍는 취미는 원래도 없었고 지금도 그러하다. 꽃 아니라 꽃 그림도 나를 위해 사보지 않았고, 꽃무늬 옷이나 가방도 없다.

도시에서 나고 자랐지, 화분 하나 키워본 적 없지, 풀인지 나물인지 아무튼 식물은 이름도 잘 모르지, 그런 서울촌년에게 꽃은 거리에서 스치는 외국인 정도의 존재였다. 눈에 띄긴 하지만 어차피 남, 주의 깊게 보지 않았던 거다.

사진을 찍으며 식물에 대한 관심이 커졌다. 나무의 껍질과 잎맥과 열매를 찬찬히 보게 되었다. 철마다 다른 색과 질감 인 숲, 매일 피고 지는 생명을 살피는 일로 계절과 시간을 가늠하게도 되었다. 아는 풀의 이름, 꽃의 이름이 늘어간다.

이름을 아는 존재는 잘 보인다. 후박나무를 알고 나면 소나 무만 있는 줄 알았던 숲에서 후박나무를 찾아낸다. 휴대폰 글씨보다 작디작은 꽃마리도 잘만 보인다. 꽃의 이름은 내 게 초능력 안경을 씌워주고 타임머신을 태운다. 처음 만났 던 때와 이름을 불러보았던 순간으로, 함께 바라보고 향기 를 마셨던 사람에게로 데려다 놓는다.

이름이 다른 이름을 불러오는 기적의 순간. 그래서 호박꽃 은 외할머니고 안개꽃은 규희 언니다. 목련이 피면 옛 친구 가 생각나고 금목서 향을 맡으면 그의 소식이 궁금해진다. 무, 감자, 나도사프란… 피는 줄도 몰랐던 꽃들이 멀리 있 는 이들을 데려온다. 그리운 마음을 써 보내게 한다.

얼마 전 한 친구의 모습이 온라인에서 사라졌다. 가족과 이 별했다는 소식이 마지막이었다. 실제로 만난 건 딱 한 번이었으니 기실 친구라 부르긴 민망한 사이다. 궁금하고 걱정됐지만 섣부른 위로를 건넬 수는 없었다. 이른 부추꽃을 보고 그가 생각났을 때 이유랄 건 없었을 거다. 짧은 시를 써 보내면서도 설명할 길 없어 주저주저했다. 한데 바로 답장이 왔다. 이걸 기적이라 하지 않으면 무얼 그리 부를까.

꽃이 무어 그리 예쁜지 아직 잘 모른다. 다만 자꾸 누군가가 생각이 난다. 사진을 찍는다. 편지를 쓴다.

부추꽃 편지

안부를 물으려다
잘 지내냐고
밥은 잘 먹냐고
아픈 데는 없냐고
어떤지
괜찮은지
안녕한지 물으려다
다라이로 만든 우영팟^(텃밭)에
세우리^(부추)꽃이 피었다고
그래서 당신 생각이 났다고
씁니다.

저는 여기 있어요.

꼬마자동차 붕붕은 어디에서 어떻게 살고 있을까. 은퇴해서 꽃밭 가꾸며 살고 있을까. 지금도 어딘가를 여행하고 있다면 당장 이 섬으로 와야 한다. 혹시 당신이 그를 만난다면 제주로 가라고 전해 주면 좋겠다. 귤꽃이 피었으니까.

귤꽃이 피었으니까, 밤새 편지를 써야겠다. 붓끝에 꽃향기 듬뿍 묻혀 바람 옷자락에 써넣어야지. 당신 있는 데에 도착한 바람이 콧잔등을 쓸며 지날 때 문득 떠올릴 수 있게. 누가 보냈을까 궁금해하며 벌름벌름 읽을 당신을 생각하며 빙섹이⁽방긋⁾ 웃어야지.

아랫목에서 얼굴을 노랗게 물들이며 이야기를 까먹던 밤.
달고 신 반달을 입 안에 넣어주던 손가락이 있었지. 주름지
고 헐렁하고 따숩던 손을 당신도 기억하고 있는지. 그렇다
면 어서 섬으로 오라고, 몸이 오지 못하면 바람 옷자락 꽃
향기를 타고 마음 먼저 오라고 얼른 소식을 띄워야겠다. 귤
꽃이 피었으니까.

　　　　　　　　동숭동에는 라일락이 많았다.
봄이면 골목을 그윽하게 떠다니던 꽃향기가 나는 아카시아
향인 줄만 알았다. 그때 내가 아는 꽃 이름이 그 정도라서.
'향긋한 꽃 냄새가 봄바람 타고 솔솔' 날아다니니까 아카시
아구나, 했다. 나중에 친구가 연보랏빛 꽃을 가리키며 라일
락이라고 알려줬다. 그제서야 이 집 저 집 담장에서 꽃가지
를 흔들어대는 라일락이 보이기 시작했다.

등촌동으로 이사 갔을 때도 집 마당에 라일락이 있었다.
'나무는 나무, 꽃은 꽃'이었던 서울촌년은 꽃이 필 때까지
라일락인 줄 모르다가 창으로 들어오는 꽃향기를 맡고서야
뛰어나가 인사를 했다. 그제야 이사 온 게 실감이 났다. 맞

아 여기 다른 동네였지, 그래도 나무랑 꽃은 같구나, 다행이다, 했다.

제주에 와서 달라진 거? 초기에 사람들이 물었을 때 냄새라고 대답했다. 빛도 습도도 소리도 다르다. 한데 내가 제주를 새로운 동네로 처음 인식한 건 달라진 냄새였다. 공기가 깨끗하다거나 하는 차원의 얘기가 아니고, 공기를 채우는 냄새의 입자가 다르다는 거다. 서울의 아침과 제주의 아침, 서울의 오월과 제주의 오월을 구성하는 냄새가 다르다. 라일락향이 바람에 섞여들기 시작하면 봄의 한복판에 들어섰구나, 깨닫곤 했다. 그리고 내가 있는 곳을 확인했다. 라일락향은 내게 시간과 공간을 가늠하는 바로미터였다. 제주의 오월에는 바로 그 냄새가 없었던 거다. 나는 아직 제주에서 라일락을 한 번도 보지 못했다. 봄 공기 속의 꽃향기는 거의 귤꽃과 보리수꽃이다. 그리고 하나,

어느 날부턴가 먼 데서 연보랏빛이 어룽거리기 시작했다. 토박이들에게 먼 산을 가리키며 혹시 라일락이냐고 물었지만 대답하는 이가 없었다. 물음표가 떠다니던 얼마쯤의 시간이 흐른 후, 마실 중에 답과 마주쳤다.

수없이 마주쳤던 나무. 서울촌년에겐 '그냥 나무'였던 나무가 연보라 꽃가지를 흔들어대고 있었다. 꽃 검색이 뭔지 모르던 때였다. 이름 따위. 어뜩한 꽃향기를 추억처럼 마시며 처음 만난 꽃 그림자 아래 하염없이 있었다.

책에서만 봤던 멀구슬나무였다. 겨울이면 잎 다 떨군 가지에 알알이 달고 있는 노란 열매 때문에 구슬이란 이름이 붙었을 테지. 겨울에 보니 딱 알겠더라. 제주에선 먼구슬낭, 먹구슬낭, 먹쿠실낭이라고 한다.

서울 살 땐 몰랐다. 어려서 더 몰랐다. 흔한 줄만 알았던 꽃향기가 나의 오월을 채우게 될 줄, 별다른 이야깃거리 하나 없이 애틋한 기억이 될 줄 어찌 알았을까. '가로수 그늘 아래 서면', '라일락 꽃향기 맡으며', 마로니에 공원에서 많이도 듣던 노래. 친구들은 나보고 애늙은이 같다 놀렸지만, 그러거나 말거나. 가로수도 아니고 라일락도 아니지만, 무연히 연보라 꽃그늘 아래 있다. 바람, 새소리, 먹쿠실고장내(멀구슬꽃향기) - 여기는 제주, 오월이다.

　　　　　서울촌년은 꽃 이름을 노래로 배웠다. 아빠하고 나하고 만든 꽃밭은 아니지만 학교 꽃밭에서 채송화도 봉숭아도 찾고, 선생님이 매어놓은 새끼줄 따라 어울리게 핀 나팔꽃도 찾아 익혔다. 개나리 노란 꽃그늘과 아기 진달래, 삼천 리 강산에 무궁화까지 일사천리로 외웠다.

문제는 학년이 올라가면서 시작됐다. 누나가 좋아하던 과꽃까지는 성당 꽃밭에서 간신히 찾았는데 과수원길에서 딱 막혔다. 동구는 뭐고 과수원은 뭐 하는 데며, 아카시아는 대체 어느 나라 꽃이란 말인가. 엄마 일 가는 길에 피어 있다는, 향기 좋고 맛마저 좋다는 찔레꽃은 대체 어느 동네

길가에 피어 누구의 간식이 되는가.

…이랬으니. 수학여행에서 성사된 아카시아와의 상봉은 감격 그 자체였다. 논개가 적장을 끌어안고 투신했다는 진주성이 온통 달큰한 꽃향기로 가득했다. 해설사 선생님에게 물으니 어디서 왔길래 아카시아도 모르냐며 우리보다 더 놀랐다. 내 친구들도 나와 수준이 어슷비슷하여, 이름만 들어본 아카시아가 이런 생김새에 이런 향인 줄은 몰랐던 거다. 가위바위보 해서 잎 따는 놀이도 그날 처음으로 해봤다. 재미는 없더라.

아카시아는 아카시아가 아니고 진짜 이름이 아까시라는 걸 나중에 알았지만, 어렵게 배운 이름을 두고 이제 와 다른 이름으로 부르는 건 배신 같아 내키지 않았다. 누가 뭐라거나 말거나 그냥 아카시아라고 불렀다. 내가 지금껏 기억하는 진주성의 향기는 '아카시아향'이니까.

인간의 감각이란 재미있다. 이름을 알고 난 후로는 신기하게도 공기 중의 아카시아향을 맡을 수 있었다. 도시의 오월, 나의 오월은 아카시아와 라일락향이었다.

섬에 오니 달랐다. 제주의 오월은 미깡꼿이영 먹쿠실꼿내 (귤꽃과 멀구슬꽃향)다. 아까시와 라일락 나무를 한 번도 본 적 없었다. 미스킴 라일락 화분 정도 본 게 다였다.

그러다 며칠 전 아까시를 봤다는 제보를 받고 섬 반대편에 다녀왔다. 알려준 대로 공원묘지 길을 오르기 시작했는데 길가엔 찔레꽃만 무성했다. 찔레도 제주 와서 배웠는데 먹 어보진 않아서 맛은 모르겠고 듣던 대로 향은 좋더라. 무덤 가에 늦게 배운 찔레꽃향만 진동하다가, 여기가 아닌가? 걱 정되기 시작했을 때 극적으로 아카시아향이 섞여들었다. 이럴 때마다 왜 눈물은 나는 걸까.

너무 늦게 와서. 거의 지고 남은 꽃잎마저 후득후득 나리고 있었지만, 향기만 분분했지만. 이제야 만난 나의 오월이 반 가워 웃었다. 울다가 웃다가 꽃에게 말도 거는 미친년이 되 었다. 꽃 이름도 모르는 미친년이 흰 꽃잎 입에 물고 맴맴 웃었다.

이름은

서너 개

집을 나서며 숨을 크게 마신
다. 계절과 날씨를 냄새로 알 수 있다. 안개 냄새에 먼지 냄
새가 섞여 있어 마스크를 썼다가, 큰길을 벗어나며 냉큼 벗
는다. 먼지 냄새를 뚫고 솟는 풀 냄새를 찾아 킁킁거린다.

금세 찾았다. 돈나무꽃 냄새다! 몇 걸음 만에 꽃피우기 시
작한 나무를 발견하고 헤벌쭉 웃었다.

아는 만큼 보이는 건 모든 감각에서 그렇다. 좋아하는 가수
의 신곡을 단번에 알아듣는 건 그 목소리를 알고 있기 때문
이다. 고라니를 모르는 사람은 울음소리를 들개의 것과 분

간하지 못한다. 홍시를 먹어본 적이 없다면 달고 짜고 맵고 시고 쓴맛 중에서 어떻게 홍시맛을 골라내겠나.

모르던 나무의 이름을 알고 나면 그때부턴 그 나무만 보인다. 편백나무에 한번 빠지면 자꾸만 찾게 되고, 숲에 들어서는 순간 존재를 느낄 수 있다. 공기에 섞여 있는 냄새로 가늠해내는 거다. 돈나무의 이름을 기억한 후로 멀리서도 꽃향기를 맡을 수 있게 되었다. 식물의 이름과 냄새를 알아갈수록 서울촌년은 제주촌년이 되어 간다.

돈나무꽃 향은 색으로 표현한다면 진한 노랑이다. 내가 그렇다는 말이고 당신에겐 다를 수 있으니 직접 확인하시길. 암튼 향이 아주 진해서 만리향이라고도 하고 동네마다 음나무, 해동 등 부르는 이름이 많다.

돈나무가 이름이 된 까닭에는 여러 설이 있는데 그중 하나가 똥나무에서 바뀌었다는 거다. 돈나무의 별명이 개똥나무, 똥나무다. 열매가 맺힐 때쯤 개똥 같은 냄새가 나기 때문이란다. 곤충이 많이 꼬이는 데서 온 이름이라는 얘기도 있다.

꽃향기가 하도 좋아 만리향으로 불리는 나무가 그 꽃 떨구고 열매를 맺으면 똥나무가 되는 거다. 일년살이가 꽤나 다이내믹하다. 아니, 이거야말로 '만고' 내 생각이다. 다이내믹이고 변덕이고는 인간의 마음이 그런 거다.

어떤 건 좋은 향기고 어떤 건 고약한 냄새, 라고 하는 게 결국 아는 냄새에 끼워 맞추려는 편협에서 생긴 오해일 수 있겠다. 어떤 동물에겐 몹시 향긋한 열매 달리는 황금나무일 수도 있지 않겠냐고, 어디 쓸 데도 없는 생각을 한참 했다. 그 참에 진노랑 향기 몸에 담뿍 입혔으니 그걸로 되었다.

꽃값

태어나서 먹어본 양배추 중 제일 맛이 없었다.

없어도 너무 없었다.

스티로폼으로 만들어놓은 양배추 모형을 잘못 사 온 게

아닐까 싶었다.

어디서 사긴. 마트에서 샀지.

제주 이주했다고 다 귀농귀촌은 아니다.

셋살이에 우영팟 한 뼘도 없다.

뭣보다 뭘 키우는 재주가 없다.

다육이에 선인장을 키워도 꼬치꼬치 말라 죽는다.

파뿌리쯤은 키워보려다 그도 실패.

그냥 마트서 사 먹는다.

샐러드로 먹으려고 샀는데 드레싱 묻힌

스티로폼 씹는 거 같았다.

버리긴 아까워서 스크램블에 넣었는데

볶아도 맛이 없었다.

기름샤워를 해도 맛이 없다니.

올리브 오일도 발사믹도 기적을 만들지 못했다.

그래도 삼천 원이 아깝다는 집념과

먹을 걸 버릴 수 없다는 근성 하나로 꿋꿋이 버텼다.

온갖 요리법과 양념의 도움을 받아

천팔백 원어치 정도는 먹어치웠다.

매일의 요리실험에 지쳤을 때 좀 쉬었다.

하루? 이틀? 그 틈에 양배추가 꽃을 피웠다.

뭐라 해야 할지 몰라 멀뚱멀뚱 쳐다만 봤다.

간낭(양배추)꽃이 피었다.

놈삐(무)꽃, 세우리(부추)꽃, 보로꾸(브로콜리)꽃, 간낭꽃.

서울촌년은 첨 보는 꽃 보고 이쁘다며 좋아라 했었다.

나중에 알았다. 농작물은 꽃이 피면 못 먹는다.

수확을 포기한 밭만 꽃밭이 된다. 슬픈 꽃밭이다.

열매의 이름으로만 부르고

꽃으로 부르지 않는 식물의 꽃이 왜 슬픈지,

꽃이 피면 왜 먹을 수 없는지 따져보지 않았다.

양배추를 장바구니에 담아 집에 가져왔을 때

꽃을 품고 있었나 보다.

온몸이 이미 꽃을 피우기 위한 태세로 들어가 있었다.

모든 영양과 에너지를 꽃 피우는 데 쏟았을 테다.

뿌리도 없이 물도 없이 피운 꽃이다.

이 끈질긴 생명의 힘에 보탤 말이 없다.

맛없는 살을 더는 잘라 먹지 않았다.

꽃값이 아깝지 않았다.

시든 꽃은 꽃이 아닌가

지난주. 비가 잠시 그쳤던 하루. 마당 한쪽에 나도사프란 한 송이가 피어 있었다. 누가 심었을 리는 없으니 어디선가 날아온 씨앗이 자리 잡고 꽃을 피워올렸겠지. 사람의 무심한 눈에는 불쑥 나타난 걸로 보였지만 말이다. 밤사이 쌓인 눈처럼, 반갑고 설레는 마음도 꼭 그랬다.

그 밤. 엄청난 비가 왔다. 아침에 문을 열어 보니 비는 그쳤고 나도사프란도 졌다. 빗발의 기세에 주저앉은 꽃대가 다시 일어서진 않을까 며칠 살펴봤지만 그의 시간은 이미 다한 듯했다. 화무일일홍인가, 피이 말했다.

꽃잎을 열었던 하루, 그날 벌나비가 다녀갔을까. 이대로 김을 매지 않고 두면 내년에도 다음 해에도 꽃이 피어 나도사프란 꽃밭이 될 수도 있을까. 시든 꽃을 바라보며 꿈을 꿔 보기도 했다. 우연히 날아든 행운을 순순히 기뻐하지 못하고 더 크고 헛된 바람을 품는구나. 사람의 끝없는 욕심에 혼자 멋쩍기도 했다.

이러구러 사람의 시간으로 오 일이 갔다. 나도사프란은 비에 진 모습 그대로다. 시든 꽃잎을 달고 꽃대가 휜 채로 자기 시간을 지나고 있다. 실상, 피었다 기뻐하고 져서 서운한 건 순전히 내 입장이다. 꽃의 사정과는 아무 관계도 없다. 가만 보니 시든 대로 꽃잎색은 곱고 꽃대도 성성하다. 나도사프란의 시간은 아직 끝나지 않았다. 피었건 졌건 꽃은 꽃이 아닌가.

〔　〕 제1부　│　〔 √ 〕 제2부

쓰는 사람이고
싶어서

쓰는 마음

01. 그래도 쓰고 싶어서
02. 작고 약한 존재들이 살아가는 법
03. 날씨처럼 이야기가 왔으면

그래도
쓰고 싶어서

(쓰는 — 마음)

나는 한때 입스yips였다.

입스는 운동선수들이 주로 겪는 불안장애의 일종이다. 동작을 하려는 순간, 실패나 부상, 주위 사람들의 시선과 기대 등에 대한 강한 압박감과 불안에 휩싸이는 현상이다. 손발 혹은 온몸을 떨거나 심하게 땀을 흘리고 시야가 어두워지는 등, 간단한 동작도 제대로 할 수 없게 된다. 굳은 채로 오랫동안 움직이지 못하기도 한다.

이래 봬도 예전에는 운동깨나 했는데, 라는 얘기는 아니다. 어릴 때부터 한결같은 몸치였다. 몸으로 하는 건 뭐 하나 잘하는 게 없었다. 체육뿐만 아니라 음악·미술·웅변 다 평균 이하였다. 노래도 못 부르고 춤도 못 추고 다룰 줄 아는 악기 하나 없다. 동네 친구들이랑 하던 진돌(다른 동네에선 뭐라 했는지 모르겠다.)과 피구에서 점점 목숨이 짧아지면서부터는 나가 놀지도 않게 되었다. 방구석에 틀어박힌 눈 나쁘고 비쩍 마른 아이가 할 수 있는 일이란? 뭐 있겠나, 읽고 쓰는 거밖에.

읽다 보니 재밌고, 재밌어서 읽었다. 뭘 썼는지 기억은 안 나지만 *끄적끄적* 써보기도 했다. 숙제로 그림일기와 독후감을 쓰다가 점점 숙제가 아닌데도 일기를 쓰고, 책과 영화 감상문을 쓰고, 그러다가 상상의 독자를 향한 에세이를 쓰고, 판타지 소설 비슷한 공상과, 시라고 부를 수 있을지도 모르는 말글을 썼다.
그러다 입스가 왔다.

학생 때는 늘 들고 다니던 노트가 유일한 보물이었다. 일기장이면서 습작 노트였다. 공부는 안 하고 맨날 딴 책만 들여다보고 노트에 뭘 써대는 내가, 친구들은 그저 신기했나 보다. 관심 없는 척, 등 뒤로 지나가며 흘긋거리곤 했다. 때론 친한 사이일수록 잔인한 말이 오가기 쉽다. 악담과 저주를 충고라는 봉투에 담아 건네기도 한다. 이런 행운의 편지는 대개 '걱정돼서'로 시작해 '그만둬'로 끝났다. '걱정돼서 하는 말인데, 왜 맨날 이상한 걸 쓰고 있는 거야? 우린 지금 그럴 때가 아니잖아.', '오해하지 않았으면 좋겠다. 네가 쓰는 게 뭔진 모르겠지만, 암튼 별로 좋아 보이진 않아서 그래. 다 어디서 본 듯하고, 한마디로 그냥 그래.', '겉멋이라는 생각 안 드니? 네가 작가도 아니고', '현실로 돌아와. 망상은 그만둬.' 편지가 쌓이고, 노트의 글보다 많아지기 시작하자 집 밖에서는 노트를 꺼내지 않게 되었다. 혼자 있을 때만 썼다. 점점 적게 썼다. 쓰지 못하게 되었다.

종이를 펴는 순간, 떠올랐던 말이, 읽은 책의 내용이, 친구에게 들은 이야기가 싹 증발했다. 종이만 하얀 게 아니었다. 눈벼락을 맞은 듯 눈앞이 온통 하얬다. 떨리는 손에 힘을 자꾸 주니 마디가 저리고 욱신거렸다. 그래도 간신히 몇 줄 써볼라치면 뒷덜미에 쏟아지는 목소리들이 있었다. '네가 뭘 쓴다고', '너 같은 게'.
혼자 있는 방에서 혼자 쓰는 글인데 감시의 눈이 있었다. 틀렸다고, 그렇게 쓰면 안 된다고 지적하는 목소리가 있었다. 감독관, 검열관의 목소리였다. 어디나 따라오는 타인의 시선이라는, 불안이 빚은 가공의 편집자였다. 한 줄 썼다, 지웠다. 다시 한 줄 썼다, 지웠다. 옆으로 죽죽 그은 줄이 징그러워 찢어버렸다. 흰 종이를 보니 다시 눈앞이 하얘졌다.

지금은 안다, 전부 다 내가 만들어낸 문제였음을. 친구들이 정말로 나를 비웃고 기를 꺾는 말을 했을까? 처음부터 내 목소리였던 건 아닐지. 내가 글을 써도 될까? 걱정과 자격지심이 있었다. 이렇게 써도 되나? 이런 걸 글이라고 할 수 있나? 불안했다. 누구에게 보이려고 쓰는 게 아닌데도 누가 볼까 겁났다. 보면 흉볼 거 같았다. 왜곡된 생각은 불안을 키웠고, 결국 종이만 보면 머릿속도 하얘지는 입스가 된 거다.

다이어리를 못 쓸 뿐이면 크게 불편할 게 뭐냐고 할지 모르겠다. 맞는 말이지만 퍽 불편하고 오래 괴로웠다. 늘 뭔가 끄적이는 버릇이 단단히 들어있던 나였다. 카페에서 친구와 노닥거리면서도, 극장에서 영화를 보면서도 손은 늘 바빴다. 그랬던 사람이 시사회 신청 엽서조차 한동안 쓰지 못

했고, 눈앞에 설문지만 펼쳐놔도 식은땀을 흘렸다. 가장 큰 괴로움은 오랫동안 분신 같던 노트를 꺼내 보지도 못했던 거다. 가슴에 뚫린 구멍이 컸다. 아니, 구멍이 가슴이 된 거 같았다.

사람은 어떤 행위를 할 때 긴장이라는 걸 한다. 누구라도, 무엇을 할 때라도 마찬가지다. 잘하고 싶다, 잘해야 한다는 마음이 클수록 긴장과 불안도 커진다. 시합에 나간 운동선수, 무대에 오른 가수와 카메라 앞의 배우가 겪는 긴장이 글 쓰는 사람의 긴장과 다르지 않다. 면도를 하거나 라면을 끓일 때도 우리는 의식하든 못 하든 조금씩 긴장을 한다. 잘 웃고 말하다 사진만 찍는다고 하면 왜 뻣뻣해질까? 무슨 일이건 잘하고 싶은 마음이라서다.

안 쓰면 모를까, 쓴다면 잘 쓰고 싶다. 그게 누구나의 마음이다. 그래서 긴장한다. 종이만 보면 그 많던 이야기들이 싹 증발하고 보이는 건 떨고 있는 내 손뿐이다. 깨끗해진 머릿속에서 달갑잖은 난리굿이 열린다. 안 돼, 틀렸어, 나는 가망이 없어, 영영 아무것도 쓰지 못할 거야. 긴장 상태를 버티지 못하고 시작도 전에 포기 선언을 한다. 내가 그랬고, 당신도 그랬을지도, 어쩌면 모두가 그럴지도 모른다. 숙련된 작가들도 아무것도 쓰지 못하는 때가 많다고 하니까.

하지만. 다 관두겠다고 펜을 던지고 종이를 외면한다고 끝이 아니더라. 감쪽같이 숨었다고 생각했지만 빌런은 언제 어디서든 악착같이 나를 찾아냈다. 피한다고 되는 싸움이 아니었다. 이기든 지든 얻어터지든 일단 싸워야 끝나는 거였다. 그러니, 그래도, 쓰고 싶다면. 종이 앞으로 돌아가야 한다. 먼저 매 맞는 심정이든 뭐든, 용기 비슷한 거라도 있으면 쥐어짜 내서라도, 무슨 수를 내어서라도. 안다. 빈 종이를 보는 건 괴롭다. 하지만 두려워할 필요도 없다. 종이는 나를 잡아먹지 않는다. 아무리 째려본들 내게 억하심정을 품을 일도 없다. 수없이 포기하고 도망쳐본 후에야 알게 되었다.

이 장에서 하려는 말은 쓰기에 대한 두려움을 없애는 처방도, 잘 쓰는 비법도 아니다. 어떻게 입스에서 벗어났는가 하는 체험기도 아니다. 불안이 다 사라지지도 않았으니까. 나는 여전히 글을 시작할 때마다 애를 먹고, 문장 하나 쓰는 데 지나치게 많은 시간을 잡아먹는다. SNS 댓글이나 문

자메시지 하나 쓰는 데도 남들보다 세 배쯤 오래 걸린다. 하나 이 모든 두려움과 망설임이 문장에 대한 애착에서 온다는 걸 떠올리면 좀 진정이 된다. 여전히 불안하지만 견딜 수 없지는 않다. 잘 쓰고 싶은 마음이라는 걸 알기에 도망치지 않는다.

쓰는 데서 생긴 문제는 결국 쓰면서 푸는 방법밖에 없다. 나는 답을 알고 있었다. 사실 모두가 알고 있다. 운동선수가 입스에서 벗어나려면 '마음을 편하게' 하고 몸을 움직여야 한다. 그런데 안다고, 생각한 대로 마음이 편해지나? 쉬울 리 없지만 될 때까지 애쓰는 수밖에. 쉽고 가벼운 동작을 반복하는 게 도움이 된다. 운동에서 생긴 문제는 운동으로 풀어야 하고, 사진을 찍다 생긴 문제는 찍으며 풀어야 한다. 그래서? 안다고 바로 해결이 되나? 알면서도 쓰지 못했고 오랫동안 빌런을, 종이를 피할 궁리만 했다. 그러다 조금씩, 정말 조금씩 쓰기 시작했다.

얼마나 많은 이들이 글을 쓰고 싶어하는지, 또 얼마나 많은 이들이 쓰는 두려움을 안고 있는지 안다. 당신이 쓰지 않는 이유 백 가지를 안다. 나를 오랫동안 굳어버리게 했던 말들이 있다. 나는 그 말들을 조금씩, 쓰기 위한 이유로 바꾸기 시작했다. 말은 여전히 그 자리에 있지만, 그 말을 밟고 다른 말이 있는 곳으로 갔다. 나를 물에 빠뜨렸던 돌을 딛고 물 밖으로 나갔다.

쓰기 두렵게 하는 말을 쓰기 위한 말로 바꾸기, 사물의 이야기 듣기, 사진을 펜 삼기. 내가 입스라는 우물에서 빠져나오기 위해 디딘 돌들이다. 그러니까 지금부터 하려는 이야기들은 일종의 오답노트다. 나는 온통 틀리기만 했다. 살면서, 특히 쓰기에서 잘한 게 별로 없다. 하지만 이 실패의 기록이 누군가에겐 도움이 될 수도 있지 않을까. 이 이야기들이 당신에게 도움이 될지, 얼마나 될지 알 길 없지만 한 번쯤 해 봐도 좋지 않을까.

피한다고 되는
싸움이 아니었다.
이기든 지든 얻어터지든 일단
싸워야 끝나는 거였다.
그러니, 그래도, 쓰고 싶다면.
종이 앞으로 돌아가야 한다.
먼저 매 맞는 심정이든 뭐든,
용기 비슷한 거라도 있으면
쥐어짜 내어서라도.
빈 종이를 보는 건 괴롭다.
하지만 두려워할 필요도 없다.
종이는 나를 잡아먹지 않는다.

어디서부터
시작해야 할지
몰라서

여기는 무인카페고, 당신은 커피를 마시고 싶다. 바에는 처음 보는 커피머신이 있다. 컵은 금방 찾았는데 머신 사용법은 쓰여있지 않다면 어떻게 할 것인가.

당신은 전화번호를 찾아 카페 운영자에게 물어보거나 검색을 시도할지도 모르겠다. 하지만 나는 겁도 없이 버튼을 누르기 시작한다. 에러 메시지가 뜨거나 램프가 깜박일지도 모른다. 그럼 컵이나 물받이는 제자리에 놓여 있는지, 물과 원두는 제대로 공급되고 있는지 확인할 거다. 전원을 한 번 껐다가 켤 수도 있다. 원두가 똑 떨어졌거나 고장이 아니라면 곧 커피를 마실 수 있을 거다. 맛이 있을지 없을지는 모르겠지만.

발랄한 당신이라면 내게 엄지를 올릴지도, 머쓱해졌다면 첨 보는 기계라서, 직접 사용해 본 적 없어서, 등의 변명을 주워섬길지도 모른다. 안다. 기계 포비아가 아니라도 선뜻 손대는 게 망설여질 수 있다. 만에 하나 잘못되면 어쩌지? 그 '만에 하나' 때문에 주저하게 되는 게 사람 맘이다.

우리는 모두 시험세대다. 시험에서 자유로운 인생을 사는 사람이 없다. 어릴 때부터 어찌나 철저히 단련되었던지, 삶의 모든 과정을 시험 치르듯 하게 되었다. 문제를 읽어내고 정답을 찾아내는 일이 후천적 본능이 되었다 하겠다. 살면서 만나는 모든 일, 관계, 매 순간을 풀어야 할 문제로 인식하고, 하나의 답을 도출하기 위해 기를 쓴다. 그러니 안 해 본 일, 처음 해 보는 일에 겁을 먹는 건 당연하다. 섣불리 찍었다가 틀린 답이면 어떤 불리가 생길지 모르니까. 문제를 풀기 전에 공부는 필수 - 설명서를 충분히 읽는다. 답지가 없다면 커닝 - 친구 찬스와 검색 찬스를 활용한다. 다 좋지만, 나는 가끔 이런 우리가 답답하다.

어떤 게 답답하냐 하면, 요리를 잘하고 싶다면서 유튜브만 보고 있는 당신, 멋진 사진 찍는 법을 인터넷으로 찾아보는 당신, 향긋한 커피 내리는 법과 맛깔나게 글 쓰는 법을 배우기 위해 많은 책을 읽고 강좌에 다니는 당신을 보는 일이다. 똑같이 구는 나를 보는 일이다.

정보를 검색하고 책을 읽는 건 물론 좋은 공부가 된다. 그러나 우리는 언제까지나 '공부부터 하고'를 핑계 삼고 아무것도 시작하지 않는다. 요리를, 사진 찍기를, 커피 내리기를, 글쓰기를 하루하루 미룬다.

내 친구는 좀 다른 듯했다. 즈은 얼마 전에 제주살이를 시작했다. 30대까지도 날씬했던 그는 점점 느는 뱃살을 이참에 빼 보겠다고 선언했던 거다. 올레길부터 시작해 오름 완주까지 해 보겠다고 외치더니 트레킹 도구 일색을 사들였다. 트레킹복, 트레킹화, 모자, 장갑, 스틱, 고글, 낙하산 소재로 만들었다는 배낭과 우주선 소재로 만들었다는 물통(왜 그런 게 필요한지 묻고 싶은 걸 꾹 참았다. 뭔가 무시무시한 대답이 돌아올 거 같아서.), 랜턴에 고프로까지 완벽하게 갖췄다. 드론까지 날릴 기세였지만 몇 가지 이유로 미뤘다고 한다.

올레길 지도와 오름 지도를 여기저기서 잘도 구한 즈은 서너 군데 동호회에 가입했다. 정보는 역시 사람한테 얻는 게 최고라며, 재주도 좋게 현지인 모임까지 들어간 모양이었다. 잘 알려지지 않은 곳들을 탐방하고, 무슨 무슨 길이라는 새로운 지도를 만들 거라고 했다.

몇 달 만에 우연히 ㅈ을 만났다. 올레길 완주는 할 만해? 어, 아직. 그래? 급할 거 없으니 천천히 하면 되지 뭐.
한데 완주를 못 한 게 아니라 여태 시작도 못 했단다. 무슨 일로? 마음 맞는 동료를 찾으면 시작하겠노라고 하루하루 미루다 보니 그리됐단다. 여자 혼자 걷기엔 무섭고, 동호회도 가 봤지만 바로 여기다 싶은 데가 아직 없고, 모르는 길을 모르는 사람과 다니긴 싫고.
장비와 조건. ㅈ이 붙잡은 핑계다. 그리고 완벽한 구색을 갖춰야 일이 제대로 될 거라는 왜곡.

하지 않는 이유는 찾으면 찾는 대로 나온다. 걷지 않는 이유, 운동을 안 하는 이유, 요리 연습과 사진 찍기와 커피 드립과 글쓰기를 안 하는 이유는 삼백육십오 일에 삼백육십오 가지다. 그 속에서는 해야 할 이유를 찾는 게 미션 임파서블이다.

그래도 한 가지, 내가 아는 이유가 있다. 그게 뭐든, 잘하려면 많이 해 봐야 한다는 거다. 글을 쓰는 이유도 잘 쓰기 위해서다. 잘 쓰기 위해서는 써 보는 것밖에는 방법이 없으니까.

당신은 졸업 후 한 번도 글을 써 본 적이 없다. 가끔 다이어리나 SNS에 짧은 문장을 끄적이는 게 전부다. 무엇을, 어떻게? 쓰는 법을 모른다. 아니다, 그럴 리가. 당신이 모른다고 말하는 건 잘 쓰는 법이다.
잘 쓰지 못한 글을 남한테 보이긴 창피하다. 그건 옳은 답이 아니다. 배워야 한다. 검색하고, 읽고, 공부해서 답을 찾아야 한다. 매뉴얼에 맞춰 좋은 글을 써야 한다.
하지만. 당신도 이미 알고 있다. 머릿속에 있는 게 많다 해서 잘 쓸 수 없다. 말을 잘한다고 글을 잘 쓰지 않는다. 쓰고, 많이 쓰고, 계속 써야 훈련이 된다. 쓰지 않으면서 잘 쓰는 방법은 없다.

여기는 무인카페고, 나는 커피를 마시고 싶다. 테이블 위에는 처음 보는 커피머신이 있다. 컵은 금방 찾았는데 머신 사용법은 쓰여있지 않다.

커피머신은 커피를 만드는 기계다. 전원을 켜고, 물과 원두를 넣고, 컵을 놓고, 버튼을 누르면 커피가 나온다. 아무리 복잡하고 예민하고 비싼 기계라 해도, 버튼을 잘못 눌렀다고 기계가 폭발하거나 뜨거운 커피를 내 얼굴을 향해 발사하지는 않는다. 나는 버튼을 누른다. 실패해 봤자 커피가 나오지 않거나, 맛없는 커피가 나올 테지. 심지어 끝내주는 커피가 나온다면, 말해 뭐할까.

당신에게는 당신만의 조용한 방이, 누가 훔쳐볼 걱정 없는 개인 컴퓨터가, 멋들어진 장정 노트와 만년필이 없을지도 모른다. 그래도 글은 쓸 수 있다. 형편없는 문장을 보는 건 분명 고역이지만 이 엉망진창 문장은 좋은 문장으로 흘러가고 있는 마중물이다. 남이 볼까 두렵다면 마음에 드는 글이 나올 때까지 잘 감춰두면 된다. 일단 써라. 그다음에 생기는 문제는 그때 풀면 된다.

'힘 빼는 데 3년'이라는 말이 있다. 운동선수들이 주로 쓰지만, 삶의 여러 장면에서 쓸 수 있는 말이기도 하다. 쓰기에서도 예외가 아니다.
힘이 들어가는 건 긴장 때문인데, 어깨와 손뿐 아니라 두뇌와 심장도 같이 뻣뻣해진다는 게 문제다. 사실 몸 근육보다 생각과 마음에 들어가는 힘을 조절하는 게 훨씬 어렵다.

누구도 말하지 않은 걸 써야 한다는 강박. 굉장한 글을 써보겠다는 각오. 잘 쓸 수 있을까 하는 의심. 적어도 욕은 먹지 않아야 한다는 부담. 사람들의 반응이 시원찮으면 어쩌나 하는 걱정. 모두, 글을 쓸 때 필요 이상으로 들어가는 힘이다. 잘 쓰고 싶은 마음을 너무 꼭 쥐고 있는 이 여분의 힘이, 쓰기를 미루게 하고 '쓸 것'을 고르게 만든다. 시시한 얘기로는 안 돼, 뭔가 대단하고 멋진 걸 써야 해. 그 '뭔가'가 뭔지 모르겠다는 거다. 그래서 당신이 여태 하소연하는 거다. 뭘 써야 할지 모르겠어. 쓸 게 없어. 쓸 만한 이야기인지 확신이 안 서…. 글감 찾는 법을 알려 달라고 호소한다. 어떤 게 좋은 글감인지, 어디에서 찾을 수 있는지 묻는다.

SNS에 쓸 때처럼 해. 그걸 조금 길게 쓰면 돼. 내 대답이 만족스럽지 않은 이유도 그래서다. SNS에 올리는 일상과는 다른, 더 특별한 걸 써야 한다고 생각하니까. 그런 생각 역시 과하게 들어간 힘이지만, 그래서 어려운 거다. 생각만으로 빠지는 힘이라면 3년이나 걸릴 리가 있나.

쓰기에서 생기는 문제는 쓰면서 풀 수밖에 없다는 말은 이 경우에도 해당한다. 의식적으로 힘을 빼려 애쓰면서, 안 되더라도 계속 써야 한다. 일부러 막 써 보는 것도 도움이 된다. 말이 되든 안 되든 신경 쓰지 말고 되는대로 쓴다. 마구마구, 낙서하듯이. 그러다 보면 어느 순간 말이 되게 쓰고 있을 때도 있다. 단어 하나, 문장 하나가 툭 걸리기도 한다.

불규칙하게 헝클어진 선들 속에서 도형이나 얼굴을 찾아낼 때가 있는데, 그걸 한번 붙들어 보자는 거다. 대개는 익숙한 걸 떠올리지만 상상도 못 했던 이미지가 튀어 오를 때도 있다. 늘 고래가 나타나지는 않지만 뜻밖에 괜찮은 글감을 붙들어 글을 이어나갈 수도 있다.

좋아하는 작가가 있다면 아무 책이나 뒤적여 본다. 눈에 들어오는 문장이나 단어가 있을 거다. 그 문장을 첫 문장 삼아 써 본다. 단어도 요리조리 콜라주해 본다. 사진은 잠들어 있는 글감을 살려내는 치트키다. 틈틈이 앨범을 뒤져 본다. 평소 이런저런 사진을 많이 찍어두는 게 좋다. 스마트폰 때문에 책과 글에서 멀어졌다고 하는 사람들도 있지만, 활용하려고만 하면 스마트폰만큼 유용한 도구도 없다. 사진이든, 유튜브든, 틱톡이든, 써먹을 수 있는 건 다 써먹자. SNS에 올리는 글은 글이 아니라고? 너무 가벼워서 그렇다고? 바로 그거다! 우리가 바라던 '힘 빼고 가볍게' 쓰기. 아무리 애써도 자꾸 힘이 들어가면 손가락 끝으로만 써 보시라.

뭐든 쓰기 시작하는 게 중요하다는 거다. 좋은 글감과 나쁜 글감이 따로 있지 않다. 이 감으로 시작한 글이 꼭 처음 생

각한 대로 끝나리란 법도 없다. 무엇으로 시작했느냐보다
어떻게 써나가느냐다. 글은 쓰면서 쓰는 거다. 머릿속에 떠
오른 게 무엇이든, 그게 쓰레기든 살인이든 똥이든 골라내
지 마라. 일단 써라.

사진이든, 유튜브든,
틱톡이든, 써먹을 수 있는 건
다 써먹자.
SNS에 올리는 글은
글이 아니라고?
너무 가벼워서 그렇다고?
바로 그거다!
우리가 바라던
'힘 빼고 가볍게' 쓰기.
아무리 애써도
자꾸 힘이 들어가면
손가락 끝으로만 써 보시라.

「한데 대체 뭘 쓴담」 중에서

　　　　　　　　신기한 일이다. 그렇게도 호언장담하던 당신이, 한번 써 보라고 하면 갖은 핑계를 끌어다 대니 말이다.

바빠서라는 것도 알고, 피곤해서인 것도 안다. 쓰기는 오랜 시간이 걸리는 작업이다. 당장 돈이 되지도 않고 밥이 나오지도 않는 일에 시간을 들인다는 건 쉽지 않다. 아니 어쩌면 당신은, 그럼에도 불구하고, 바쁜 중에 짬을 내어 피곤을 무릅쓰고 시도해 봤을지도 모른다. 무언가 써 보려 했을지도, 얼마간 쓰기도 했을지도 모른다.

그렇다면 알 거다. 말과 글은 다르다는 걸. 막상 쓰려 하면 그 많던 이야기가 어디론가 감쪽같이 숨어버린다는 걸. 어디서부터 어떻게 써야 할지 막막해진다는 걸 말이다.

누구에게나 할 말이 있다. 하지 못하고 담아둔 이야기가 있다. 하고 싶은 이야기를 맘껏 하며 사는 사람, 살면서 한 번도 못 봤다.
이야기하고 싶다는 욕구는 결국 쓰기의 욕구와도 같다고 생각한다. 내 얘기 책으로 쓰면 열두 권, 이라는 말에서 여러 의미를 본다. 담아둔 이야기가 많다는 하소연, 언젠가는 풀어내고 싶다는 속마음, '책으로' 써 보고 싶다는 숨은 열망까지. 정작 본인은 모르고 있을 수 있다. 손을 홰홰 저을 거다. 말이 그렇다는 거지! 그럼 어서 써 봐라, 하는 내게 눈을 흘긴다. 아무렇지 않다. 내 말이 맞으니까. 말만 그런 게 절대 아니니까.

하지만 당신은 너무 바쁘고 피곤하다. 하고픈 이야기가 많아도, 써 보고는 싶어도, 쓰는 건 자신 없다. 잘 쓸 수 있는 다른 사람이 해줬으면 좋겠다.
다른 사람의 손을 빌리는 것도 하나의 방법임은 분명하다. 하나 어디까지나 차선의 방법이다. 글자를 모른다거나 신체에 문제가 없다면 당신이 써야 한다. 당신의 이야기를 당신보다 잘 쓸 수 있는 사람은 없다.

당신은 지금 이 순간에도 더 강력한 핑계를 찾고 있을 거다. 급기야 처음 했던 말을 뒤집기도 한다. 할 말이 없어.

무슨 일이든, 하지 않을 이유를 찾는 건 쉽다. 찾기 어려운 건 해야 하는 이유고, 이는 쉽게 잊히기도 한다. 그것도 하는 도중에 잊어버린다. 직업이라도 마찬가지다. 생각보다 많은 작가들이 자기가 왜 쓰는지 모르는 상태로 글을 쓴다. 많은 이들이 잘 모르고 있고, 쓰면서도 자주 잊어버리는 것이 무엇을 쓰느냐보다 왜 쓰는가가 중요하다는 거다. 정말로 할 말이 없어 못 쓰는 사람은 없다. 할 말이 아니라 이유가 없는 거다. 자기가 왜 써야 하는지 모르는 사람은 이야기가 아무리 많아도 쓸 수 없다. 시작의 고비를 넘어간다 해도 얼마 가지 못한다. 글이 막히고 힘들 때마다 자괴감에 빠진다. 내가 이걸 왜 하고 있지?

그러니 이제 묻겠다. 당신은 왜 쓰고 싶은지.

좋아, 쓰고 싶은 마음이 있다는 건 인정해. 한데, 왜?

분명 이유가 있다. 꼭꼭 숨어 찾기 힘들지언정 틀림없이 있는, 써야 할 이유를 찾아라. 여기까지 왔으면 다 왔다. 찾은 걸 써두자. 노트 첫 장이든 책상이든 컴퓨터 모니터에든 붙여두자. 쓰는 게 힘들고 내가 지금 뭘 하고 있나 싶을 때마다, 왜 쓰는지 잊어버릴 때마다 보고 떠올릴 수 있도록.

거창한 이유가 아니어도 된다. 사소하고 구체적인 게 오히려 도움이 될 수 있다. '입만 열면 나를 무시하는 놈한테 큰소리치려고'이면 뭐 어떤가. 당장 글을 시작할 수 있고, 진도가 안 나가거나 조금 못 쓴다 해도 크게 스트레스받지 않을, 좋은 이유인데. 참고로, 내가 쓰는 이유는 지루하지 않아서다. 글을 쓰면 시간이 잘 간다. 너무 빨리 가서 탈이긴 하지만, 그건 다른 문제다.

한시라도 빨리 당신이 자기 마음을 알아차리기를. 쓰고 싶어하는 마음을 끄집어내 행동으로 옮기기를 바란다. 당신 안에는 이미 많은 이야기가, 당신이 써 주기만 기다리고 있는 이야기가 있다.

빠를수록 좋다. 시간이 많지 않다. 책 열두 권을 쓰려면 당장 시작해야 한다.

아무나 써도 된다

아동 수업 중에 가장 자주 듣는 말이 '해도 돼요?'라는 물음이다. 글쓰기 수업에서만 그러는 게 아니고 아이들만 묻는 것도 아니다. 어른들도 무언가 써 보라고 하면 이렇게 써도 되냐, 저런 걸 써도 되냐는 물음이 반이다. 급기야는 그런다. 근데 내가 글을 써도 될까? 그들 탓이 아니다. 무언가 쓰고 있으면, 혹은 쓴다고 말하면 사람들은 묻는다. 작가예요? 무슨 작가예요? 작가만 글을 쓸 수 있다는 규약이라도 있나 보다. 몰랐다.

다 돼요. 안 되는 거 없으니까 쓰고 싶은 대로 쓰세요. 거듭 말해도 망설임을 쉬 놓지 못한다. 누가 뭐랄 사람 없다는데도, 누가 뭐랄까 걱정된다고. 막막하다고.

글쓰기가 막막하다는 이들에게 스마트폰을 활용해 보라고 말하곤 하는데, 내가 그리하고 있다. 앱이나 SNS를 '써먹는' 거다. 가볍게 쓰고 빨리 쓰는 연습에 좋다. 이런 나도 SNS를 시작한 건 기실 얼마 안 됐다. 그토록 유행했던 싸이월드 한번 안 해 봤다. 심한 낯가림이 온라인에서라고 낫지 않았다. 게다가 사람들 글에서 뭘 봐야 할지도 알 수 없었다. 다들 제 자랑만 하는 거 같다며 시큰둥했다.

유별나다고? 설마. 아니, 왜 자기 일기를 여기에 쓰고 있담? 당신도 이렇게 외칠 때가 많을 거다. 책을 덮거나 폰 화면을 넘겨버릴 거다. 한데 뭔가 걸리는 게 있다. 당신이 좋아하는 에세이 작가를 한 명만 떠올려 보시라. 그의 책이나 글을 한번 보시라. 어떤 얘기를 하고 있는지.

나는 요즘 리베카 솔닛을 읽고 있는데, 아무 페이지나 펼쳐도 자기 얘기를 하고 있다. 어릴 때 이야기, 엄마와 싸운 이야기, 친구와 여행 간 이야기, 읽은 책과 좋았던 전시 이야기, 잃어버린 물건 이야기, 아침에 갑자기 떠오른 기억 등. 그건 리베카 솔닛이잖아! 맞다, 참고가 안 된다. 하지만 내가 하려는 말은 그게 아니다. 세계적으로 팬을 가진 작가가 쓰는 일상과, 내가 SNS에서 쓰는 일상이 뭐가 다른지 한번 살펴보자는 거다.

사람 사는 모습은 다 비슷하다. 먹고, 자고, 일하고, 놀고, 누군가 혹은 무언가를 만나고, 좋아하고, 싫어하고, 싸우고, 울고 웃으며 산다. 일상이 비슷하니 겪는 일과 생각과 감정도 크게 다르지 않다. 인생을 뒤흔드는 큰일은 일생에 몇 차례 일어나지 않는다. 다들 고만고만한 하루를 보낸다. 특별한 이야기만 쓰여야 하는 건 아니라는 거다. 그런 이야기는 그대로 좋지만, 평범한 이야기가 갖는 의미도 그에 못지않다. 우리가 사랑하는 고흐는 인간보다는 그림인데, 한편에서는 그의 사적인 편지를 돌려 읽는다. 고흐가 워낙 특별해서지만, 그가 썼다고 사생활 자체가 특별해지는 건 아니다. 평범한 사생활을 써선 안 된다거나, 같은 일상이라도 작가가 쓰면 에세이, 내가 쓰면 일기라 생각한다면 잘못 짚었다.

내 일기와 작가의 에세이의 차이는 '누가' '무엇을' 썼느냐가 아니다. '내가' 써도 되나? '이런 걸' 써도 되나? 하는 망설임이다. 그리고 이 망설임은, 당신 스스로 일기를 쓰자고 마음먹은 까닭이다. 일기니까 누가 볼까 걱정되고, 보여줘도 되나 망설인다. 일상을 써서 일기가 된 게 아니라 당신이 일기를 쓴 거다.

이번엔 당신 글을 한번 보시라. 독자 입장으로 시점을 바꿔 읽는 게 좋다. 글쓴이가 누구에게 어떤 이야기를 하고 있는지 보자. 혼잣말만 줄곧 하고 있다면? 일기가 맞다. 구체적 대상이 없는 글은 일인칭의 독백에 머물기 쉽다. 사람들의 공감을 사기보다, 읽지도 않고 넘겨버리는 자랑질이 된다. 짧은 문장 하나라도 대상을 정하고 쓰는 습관을 들이도록 하자. 글이 독백으로 흐르거나 지나치게 감정적으로 될 때 특히 효과가 있다.

대상은 구체적일수록 좋은데, 콕 집어 떠올릴 수 있다면 가상의 인물도 괜찮다. '내가 사랑하는 사람들'보다 '사랑하는 X'가 좋고, '이 글을 읽는 모든 이들'에게 쓸 때보다 '여름 여행지에서 이 글을 읽을 Y'에게 쓸 때 더 단단한 글이 나온다. 확실한 대상을 만들었다면 이제 '써도 되냐'는 망설임도 버릴 수 있을 거다. 당신이 Y에게 글 쓰는 걸 말릴 사람은 아무도 없을 테니.

일상의 단상을 쓰는 건 아무 문제가 아니다. 세계적으로 읽히는 에세이의 고전도 따지고 보면 다 자기 이야기다. 생각하고 느끼며 살아가는 이야기들이다. 작가라서 되고, 아니라서 안 되는 건 없다. 그런 핑계 뒤에 숨지 마라. 숨어서 일기를 쓰지 마라. 당당하게 써라.

우리는 책 읽는 게 공부라고 배웠다. 간혹 책놀이라는 이름으로 회유책을 쓰기도 하지만, 영유아 독서부터가 조기 교육의 다른 이름일 뿐이다. 책이 놀이일 수 없는 환경에 태어난 이 나라의 아이들은 독서가 의무이고 숙제인 숙명에 순응하거나, 끝내 적응하지 못해 '책' 소리만 들어도 머리가 아픈 사람으로 성장한다. 다른 나라 어린이 사정은 잘 모르고.

책은 공부고, 쓰여있는 글은 지식이다. 이런 명제가 몸에 익다 보니 활자화된 내용이라면 쉽게 믿게 되며 기대치 또한 높다. 기대에 못 미치는 책에 대해서는 가차없다. 이건 나도 다 아는 거잖아! 읽지도 않고 외치기도 한다. 너무 뻔해!

하늘 아래 새로운 게 없다고들 한다. 비슷한 주제와 모양새의 책은 널렸다. 게다가 당신이 독서 포비아가 아니라 해도, 주로 읽는 분야는 비슷비슷할 테다. 어떤 이는 사회학, 철학 등 '학'자만 들어가면 머리가 아프다고 한다. 그가 읽는 건 가벼운 에세이나 소설이다. 다른 이는 논픽션을 선호하며 소설은 읽지 않는다. 일정 범주 안에서 책을 고르다 보면 화제며 논조가 겹치는 일이 잦아진다. 좋아서 읽던 패턴이 슬몃 지겨워지면 세상 모든 책을 다 읽기라도 한 양, 오만한 말을 뱉기도 한다. 다 고만고만하네!

물론 고만고만한 말들을 늘어놓은 중에도 독보적 존재는 있다. 카프카의 일기, 까뮈의 편지는 세계적 고전이다. 초유명 작가라서? 그도 그렇지만 무엇보다 글이 특별하기 때문이다. 내용이 특별하다는 게 아니다. 뻔하다. 일상의 에피소드, 신변잡기와 희로애락, 어딘가에 털어놓고 싶은 비밀, 삶과 작품에 대한 고민 등. 이 뻔한 내용을 특별하게 만드는 건 그들만의 고유한 스타일, 문체다.

이게 비밀이다. 자기만의 '체' 만들기. 누구나, 라고 해도 좋을 만큼 많은 이들이, 특별한 무언가를 새로운 방식으로 써야 한다는 강박에 시달린다. 그런 건 없다. 당신이 쓰려는 건 다른 사람들이 이미 다 써 버렸다. 이건 너무 뻔하지 않냐고 머뭇댈 필요가 없다는 거다. 그보다는 뻔한 얘기를 뻔하지 않게 하는 당신만의 문체를 만드는 데 공을 들이는 게 낫다. 내용은 당연히 중요하지만 못지않게 문체가 중요하다. 어쩌면 문체가 더 중요할 수도 있다.

글을 노래에 비유한다면 문체는 목소리다. 곡이 좋고, 가사도 좋으면 더 좋고, 가창력과 기교도 중요하지만, 청중의 마음을 가장 강하게 흔드는 힘은 목소리일 때가 많다. '몸으로' 느끼고 기억할 수 있으니까. 우리 감각이 가장 빨리, 가깝게 감지하는 건 글의 목소리다.

필력 키우기의 일환으로 필사를 꾸준히 하는 사람이 많다. 모방이 창조의 시작이라는 면에서도 필사는 좋은 글 연습법이다. 또 습작생이 아니더라도 한 번쯤 따라 쓰고 싶게 만드는 힘이 훌륭한 작품에는 있으니까. 다만 이 방법으로 문체를 배워보겠다고 마음먹진 마시길. 박완서의 모든 글을 정서하는 노력 끝에 비슷하게 쓸 수 있게 된다 한들, 잘

많은 이들이,
특별한 무언가를 써야 한다는
강박에 시달린다.
그런 건 없다.
대단한 걸 쓰려고
못하는 걸 배우려고
애쓰지 말란 얘기다.
억지로 쓰면
어떻게든 티가 난다.
독자는 바보가 아니며
준다고 고분고분
받아먹지 않는다.

따라 쓴 박완서체일 뿐이다. 남의 체를 흉내 내기보다 내
것을 찾아야 한다.

그럼 어떻게 '체'를 만들 수 있을까? 같은 말을 되풀이해서
미안하지만, 계속 써야 한다. 체는 타고나는 재능과 다르
다. 짧은 시간에는 만들 수 없다. 오래 반복해서 써야 자기
문체가 만들어진다. 지름길은 없다. 많이 써야 한다. 많이
쓰되, 솔직하게 써야 한다.

솔직하란 말 또한 어지간히 뻔한 데다 모호하기까지 하다.
한 톨도 감추지 말고 속엣얘기를 하란 말인가, 어디까지 드
러내라는 건가, 고민스럽다. 지금 말하는 솔직은 이야기를
지어내지 말라거나, 숨기고 싶은 개인사까지 낱낱이 밝히
라는 말은 아니다. 그런 글도 의미는 있지만 먼저, 당신이
하고 싶은 이야기를 하기 바란다. 남들이 좋아할 만한 이야
기 말고 내가 좋아하는 것부터 쓰시길. 대단한 걸 쓰려고,
못하는 걸 배우려고 애쓰지 말란 얘기다. 못하는 데 매달리
기보다 잘하는 걸 살리는 데 집중하는 게 좋다. 당신이 좋
아하는 바로 그 ' ' 말이다. 세상 모든 사람은 자기가 좋아하
는 걸 가장 잘할 수 있다. 글이라고 다르지 않다.

억지로 쓰면 어떻게든 티가 난다. 먹힐 만한 주제다 싶어 좋아하지도 않는 걸 쓰다 보면 부자연스러운 글이 될 수밖에 없다. 독자는 바보가 아니며 준다고 고분고분 받아먹지 않는다. 당신이 써야 할 건 먹힐 만한 글이 아니다. 당신이 좋아하는 ' '에 대한 글이다. 내로라하는 패셔니스타가 아니라면 '시선을 끄는 옷차림 일곱'보다 '내가 즐겨 입는 옷차림 일곱'을 쓰는 편이 백 배 낫다. 백 배 재미있고 좋은 글이 될 거다. 당신이 정말 좋아하니까. 주제와 내용을 정했다면 바로 써 내리시길. 이땐 문체며, 문장 하나하나에 신경 쓸 필요는 없다. 좋아서 쓰다 보면 자연스레 자기 말투가 묻어날 테니까. 어깨에 힘도 빠져 익숙한 단어와 어조를 쓰게 될 테고, 그쪽이 좋다.

숙제로 일기를 쓰는 건 재미없다. 쓰는 사람이 재미없으니 읽는 사람도 재미없다. 남의 일기가 재미있으려면 아무 데나 쓰지 않는 비밀이 있어야 한다. 비밀도 털어놓는 솔직함이 마음을 움직이는 거다. 솔직함이 글에 힘을 싣고, 매력을 입힌다. 그 매력이 당신의 '체'다.

쓰는 건 지루하고 외로운 작업이다. 뚜렷한 목적이 없을 때는 고행이다. 읽힐 수 있을지 어떨지도 모르는 글을 오랫동안 쓰는 사람은 분명 한 군데 이상 문제가 있다. 평범한 사람이라면 할 짓이 아니기 때문이다.

써서 뭐해요? 나는 틈만 나면 누구한테나 글을 쓰라 하고, 반응은 매번 시큰둥하다. 누가 읽어줄 것도 아닌데 힘들게 써 봐야 뭐하냐고 한다.

맞다, 그래서 힘들다. 백날 써 봤자 돈이 생기지도 않고 밥이 나오지도 않아서. 비웃음이나 안 받으면 다행이어서. 그런데도 쓰고 싶어서, 한데 쓸 수 없어서 힘들다. 쓰기를 방해하는 빌런들은 왜 이리 많은지. 왜 우리에게는 자기만의 방이 없는지.

자기만의 방이란 물론, 온전히 글쓰기에 집중할 수 있는 장소를 말한다. 쓰기 위해서는 물리적 공간과 시간이 필요하다. 그러나 불행히도 역은 성립하지 않는다. 필요조건을 다 갖춘다고 글이 써지는 건 아니라는 거다. 여유로운 시간과 최적의 장소가 있다. 자 이제 써 볼까, 고 앉는다 해서 순식간에 빈 종이가 채워지는 기적은 일어나지 않는다. 글감이 빈약해서만은 아니다. 하고 싶은 이야기가 넘치는데도 몇 시간 동안 한 줄도 쓰지 못하는 경우도 많다.

이런 일을 아예 없애긴 힘들지만, 적게 일어나게 할 수는 있다. 대단한 노력이 필요한 방법도 아니다. 우리는 다만, 일상에서 반짝하는 생각의 편린들을 메모만 해두면 된다. 무엇이든 상관없다. 우연히 떠오른 단어 하나, 누군가 던진 말 한마디, 불쑥 떠오른 기억, 꼭 한번 써먹어 보고픈 농담.

물론 편린만으로는 글은커녕 문장 하나도 되지 못한다. 말 그대로 조각으로만 존재할 뿐이다. 한데 이 조각들이 쌓여 무더기가 되면 얘기가 좀 달라진다. 가끔 메모를 뒤적여 보자. 꼭 뭘 쓸 때가 아니라도 상관없다. 스마트폰 한 곳에 메모해 두고 손이 심심할 때 한 번씩 훑어보면 된다. 그러다 보면 눈에 들어오는 글자들이 있을 거다. 때론 입체그림처럼 문장 하나, 이야기 하나가 스르륵 떠오를 때도 있다. 하면, 그 문장과 이야기를 또 끄적인다.

눈치 빠른 당신이라면 알아챘을 거다. 메모장은 냉장고다. 요리를 위한 재료를 미리 조금씩 채워두는 거다. 그냥 재료일 뿐 언제 무슨 음식이 될지는 알 수 없다. 솜씨 좋은 사람은 맛있는 요리를, 운이 없다면 매번 실패한 요리를 만들 수도 있다. 음식이 되지 못하고 버려지거나 구석에 방치된 얼음덩어리가 될지도 모른다. 하지만 재료 없이는 음식을 만들 수 없고, 다양한 재료를 갖출수록 풍성한 식탁을 만들 가능성이 커진다.
오믈렛을 먹으려 했는데 냉장고에 달걀이 없다. 당장 배가 고프다면 다른 재료를 이용해 뭐라도 만들어야 한다. 새우와 마늘이 눈에 들어온다. 올리브유가 있다면 감바스를 만들 수 있다. 생각지도 않았는데 훌륭한 감바스를 먹게 될지도 모른다.

이런 일은 얼마든지 일어난다. 언제 써먹을지, 써먹을 수 있을지도 모르는 낙서를 왜 끄적거리고 있나, 자괴감에 빠질 필요가 절대 없다. 단어 하나도 버리지 말고 다 써 둬라. 언젠가는 틀림없이 쓸 날이 온다.

　　　　　　　작가의 이름은 잊어버렸는데,
이런 말을 했다. 젊을 때 막대한 양의 책을 읽었다. 그러
다 문득, 이만하면 나도 뭔가 쓸 수 있겠다는 생각이 들었
다. 그렇게 작가가 되었다고 한다.

작가가 되기로 마음먹은 계기에 대한 대답이었을 거다. 사
람들은 늘 그 질문을 하니까. 미리 준비해둔 과장된 이야기
일 수도 있다. 하나 완전히 지어낸 건 아닐 거다. 많은 작가
들이 상당한 독서광이기도 하니까.
그는 단지 이 말을 하고 싶었는지도 모른다. 쓰기의 시작은
읽기라는 거. 우리 모두 알고 있듯, 쓰기 위해서는 일단 읽

어야 한다. 잘 쓰려면 많이 읽어야 한다. 나는 이 말을 조금
바꿔 한다. 잘 쓰려면 잘 읽어야 한다고.

다방면의 책을 많이 읽는다면 바랄 나위 없겠지만 시간이
늘 넘쳐나는 건 아니다. 해서 사람들이 어떤 책을 읽어야
하냐고 묻는 거다. 어느 검색창에건 '책'이라 치면 자동완성
과 연관검색으로 '추천'이 붙는다. 쓰기에 도움 되는 책의
목록도 어마어마하게 나온다.
물론, 그 정도로 만족할 리 없는 당신은 다시 물을 거다. 인
생 책이 있습니까? 존경하는 작가는요? 누구의 영향을 제
일 많이 받았나요? 당장 그 책을 읽지 않더라도, 참고할 정
보는 많을수록 좋으니까.

내 대답은 매번 조금씩 다르다. 그때그때 생각나는 책을 말
하기도 하고 좋아하는 작가 이름을 댈 때도 있다. 조지 오
웰, 레이먼드 카버, 박완서 같은 안전한 이름들 사이에, 인
기는 없지만 사심으로 좋아하는 이름을 한둘 끼워 넣는다.
그림책이나 만화, 너무 쉽고 시시한 책도 가끔 읽어보라고
한다.

카프카와 나보코프는 영순위로 좋아하지만, 교재로 삼으라기엔 조심스럽다. 일단 너무 재미있다. 푹 빠져서 읽다 보면 뭔가 참고해보려던 생각은 이미 은하계를 벗어나 있다. 게다가 참고할 수도 없다. 이들은 천재다. 책을 덮을 땐 서글픔마저 느낀다. 나는 이런 글은 죽어도 못 쓰겠구나. 사기가 꺾이고 만다.

그들뿐일까. 셰익스피어, 체호프, 디킨스, 포, 에코, 보르헤스, 파울 첼란, 사무엘 베케트, 페르난도 페소아, 버지니아 울프, 이상… 세상엔 이미 너무 많은 천재 작가들이 쓴 너무 많은 책이 있다. 죽기 살기로 읽어도 죽기 전에 얼마 읽지도 못한다. 게다가 이들이 안기는 폭탄은 어쩔 것인가. 안 되겠어, 나는 이런 재능이 없어, 이 상대적 박탈감은?

나는 동화책을 읽는다. 꺾인 사기를 회복하려고. 미야자와 겐지를 좋아하는데, 그의 동화는 아름답지만 서툰 부분도 많다. 진짜 아이가 말하고 있다는 느낌이 들곤 한다. 떠듬떠듬 써 내린 듯한 문장을 읽다 보면 어쩐지 위안이 된다. 우리 마음을 파고드는 책이 세련되고 유려한 문장만으로 가득한 건 아니다. 어눌한 말과 글에 감동했던 기억이 당신에게도 있을 거다.

그래서? 읽는 건 기본이고 기본이 가장 중요함은 말해 봤자 잔소리지만, 목록과 양에 집착하지는 말자는 거다. 어떤 책이 당신에게 도움이 될지, 그러니까 '좋은' 책인지는 알 수 없으니 하나를 읽더라도 잘 읽는 게 낫다. 명작에 기죽지 마시라. 자신에게 없는 재능을 한탄하지도 마시라. 지금 내게 필요한 책을 읽으면 되고, 쓰고 싶은 글을 쓸 수 있는 만큼 쓰면 된다. 언제 어떤 사람이 그 글에 감응할지는 아무도 모른다. 글쓰기에는 재능보다, 자신의 독자를 기다릴 인내와 꾸준함이 더 필요하다.

세상엔 이미
너무 많은 천재 작가들이 쓴
너무 많은 책이 있다.
죽기 살기로 읽어도
죽기 전에 얼마 읽지도 못한다.
나는 동화책을 읽는다.
우리 마음을 파고드는 책이
세련되고 유려한 문장만으로
가득한 건 아니다.
어눌한 말과
글에 감동했던 기억이
당신에게도 있을 거다.

「최고가 아닐 수도 있다」 중에서

좋은 글이란 첫째, 말하고자 하는 바가 명확한 글이다. 메시지가 분명하면 좋은 에세이, 딱히 골라낼 말이 없으면 일기라고 말하는 이도 있다. 그렇다고 글 하나 쓸 때마다 어떤 메시지를 담을까 고민하진 말자. 그런 걸 의식하면 문장만 어색해진다. 일부러 속뜻을 집어넣으려 애쓸 필요 없다. 글의 맥락만 유지하면 자연스럽게 자리 잡을 테니. 주제가 꼭 의미심장해야 한다는 법도 없다. 사소하고 일상적인 이야기로 마음을 울리고 정신을 두드리는 글도 얼마든지 있다.

하지만 우리는 종종 유혹에 시달린다. 소소한 소회를 풀어놓는 데서 좀 더 나아가고 싶은, 뭔가 더 얘기하고자 하는.

단어는 점점 추상적인 것으로 바뀌고 문장도 장황해진다. 현학적인 글일수록 읽기 힘들고 기억에 남는 것도 없음을 잊지 말자. 꼭 해야 할 말이라면 구체적인 단어나 예문으로 바꾸는 게 좋겠다. 『흥부놀부』가 권선징악의 이야기라고 하지만, '친절을 베풀면 복을 받고 욕심이 과하면 대가를 치른다.'는 문장은 없다. 우리는 흥부가 제비 다리를 고쳐주고 놀부가 성한 다리를 부러뜨리는 서사를 읽을 뿐이다. 여기에서 친절, 욕심이란 단어를 건져내는 거다.

메시지를 숨길 필요도 없고, 독자들이 못 찾으면 어쩌나 걱정할 필요는 더욱 없단 얘기다. 글쓴이와는 달리 읽는 이도 있겠지만 크게 벗어나진 않을 테고, 다양한 시점으로 봐준다면 오히려 감사한 일이니까. 숨어 있는 의도를 찾아내라고 닦달해댔던 옛 선생에 대한 원망을 애먼 데서 풀지는 말자.

중학교 국어시험에 모파상의 「목걸이」가 나온 적이 있다. '주인공의 성격과 소설이 전달하고자 하는 핵심 주제'의 답은 사치와 교훈이었다. 빨간 동그라미 엑스도, 사치와 교훈이라는 말도, 문학을 사지선다에 욱여넣는 학교도, 다 지긋지긋했다. 시험 때문에 책(그마저도 '수험생이 읽어야 할 문학 100

선' 따위 요약본)을 읽고 작가의 의도와 숨은 주제를 발굴해 내야 하는 청소년기 잔혹사. 그 여파로 혐오하게 된 단어가 여럿 있었으니, 그중 하나가 사치다. 그뿐일까, 목걸이만 보면 이 단어를 떠올려버리는 내 해마는 어쩌라고.

대체 말이 무슨 죄가 있나. 사람들이 말을 뾰족하게 깎아 던져대는 탓에 말 또한 손해가 막심하다. 찔린 피해자도 한둘이 아니다. 분수 모르고 사치한 죄인으로 낙인찍힌 마틸드, 마담 보바리, 「빨간 구두」의 카렌은 또 어떻고? 파티 한 번 못 가본 가난한 여인의 욕망, 예쁜 구두 신고 싶은 소녀의 소원이 평생 고통받아 마땅한 죄라고?

이게 정말 모파상이 바란 걸까. 사치하면 인생 망친다는 격언으로 사람들을 두고두고 괴롭히는 게? 설마. 하지만 메시지의 힘은 강력해서, 나는 여전히 목걸이만 보면 '사치'가 떠오르고, 불쌍한 마틸드가 떠오르고, 지긋지긋했던 시험지가 떠오른다. 그러니 부탁이다. 글에는 반드시 메시지와 철학을 담아야 한다며 꾸역꾸역 집어넣지는 마시길. 하고 싶은 말이 있으면 빙빙 돌려 감추지 말고 대놓고 해주시길. 시험지에 등장해 미래 학생들의 원한을 사고 싶지 않다면.

당신은
톨스토이가
아니다

첫 문장이 전부라던가? 맞다. 무려 법칙이 될 정도니까. 안나 카레니나는 세상에서 가장 유명한 주인공으로 이름을 떨치고, 저자의 이름을 드높이고, 막장 드라마를 세기의 고전으로 붙박았다. 책을 읽지 않은 사람이라도 안나 카레니나가 누군지, 어떤 삶을 살았는지 안다. 대다수는 문장 하나만을 읽었을 뿐이지만, 그 하나로 충분했던 거다. 사람들은 열광했고, 첫 문장에 책 세 권 분량을 압축해 넣은 천재 작가에 대한 최대의 경의를 담아 '안나 카레니나 법칙'을 선언했다.

독자의 입장으로 생각해 보자. 우리는 『안나 카레니나』와

톨스토이에 대해 알 만큼 안다. 한데 다른 책이라면? 책과 저자에 대한 아무런 정보 없이 펼친 참이라면?

책을 고를 때 목차부터 훑는 사람도 있고 아무 페이지나 펼쳐서 가늠하는 이도 있지만, 본격적으로 읽자면 첫 장부터 넘길 수밖에 없다. 그러니까 첫 문장이 중요하다는 말은 결국 첫인상, 첫 느낌이 중요하다는 말이다. 첫 만남이 좋은 사람과 관계 맺기는 반대 경우보다 당연히 수월하다. 책과의 관계도 마찬가지다. 매력 없는 문장으로 시작하는 이야기에 빠져드는 일은 웬만해서는 없다. '눈보다 빠르게' 다른 책으로 바꿔치기하기 일쑤다. 마음을 끄는 문장만이 바로 덮지 않고 다음 문장, 다음 페이지로 눈과 손을 움직이게 한다.

이번엔 쓰는 입장이 되어보자. 독자 마음을 훔치는 문장으로 글을 시작하려면 어떻게 해야 할까. 몇 가지 요령은 있다. 개인적 견해를 잠언인 양 던질 수도 있고, 반어법이나 '쎈' 문장으로 호기심을 유발할 수도 있다. 유행하는 단어를 적당히 집어넣어 감성을 자극하는 방법도 흔하다.

그런데. 이쯤에서 매뉴얼은 함정으로 둔갑한다. 이런 식으로 하다가는 좀처럼 글을 시작하지 못하게 된다. 온갖 것들을 신경 쓰다 보면 완벽하게 들어맞는 문장을 찾을 수 없다. 그럴듯한 첫 문장이라는 황금문을 만드느라 문 바깥에 언제까지나 서 있는 셈이다.

법칙은 수단으로 삼아야지, 시작도 못 하게 하는 도어락이 되어서야 말이 안 된다. 비밀번호 같은 건 어디에도 없다. 마음만으로 좋은 문장이 만들어지지 않는 건 어지간히 숙련된 필자라도 마찬가지다. 고민하고 애쓴다고 명문이 뚝 떨어지지 않는다. 단어 하나, 문장 하나에 매달리다 보면 글을 써나갈 수가 없다.

더 간단하게 말하겠다. 시작부터 '첫 문장'을 쓰려 하지 말자. 처음에는 머리에 떠오르는 걸 그냥 쓰면 된다. 마땅한 게 안 솟아나거나 너무 많이 올라오면 손이 멋대로 쓰도록 내버려 두는 것도 좋다. 멋지지 않아도 된다. 말이 안 돼도 괜찮다. 문장이 아니어도 상관없다.

글은 쓰면서 쓰는 거다. 홀로 좋은 문장도 물론 존재한다. 하지만 대부분의 좋은 문장은 글이 (전체적으로) 좋을 때 저

절로 파생된다. 좋은 글이란 흐름이 좋은 글이고, 이 흐름
은 낱낱의 문장에서 생기는 게 아니라 문장과 문장의 관계
에서 생긴다. 어느 정도 쓴 다음에야 글에 흐름이 생긴다는
거다. 제 갈 길을 찾아 글이 저절로 흐르기 시작하면 그 안
에서 문장이 하나둘 떠오른다. 나는 마지막에 쓴 문장을 오
려 제일 앞에 붙일 때도 많다.

보통의 글재주를 가진 보통사람이라서. 달인의 레시피와
커닝페이퍼와 온갖 꼼수의 유혹에 솔깃했다가, 금세 약발
이 떨어져 실망했다가 한다. 아니 어쩌면 나와 당신만 이럴
수도 있겠다. 천재들은 작법이나 첫 문장 따위 의식하지 않
고도 술술 뽑아내는지도 모르겠다. 그들의 머릿속에는 명
문을 잣는 물레가 있을 수도 있다. 하지만 우리는 톨스토이
가 아니다. 그렇다고 절망할 일도 아니다.

　　　　　　의외의 장소에서 편견과 부딪칠 때가 있다. 그중 하나가 글, 적확히는 글솜씨에 대한 근본 모를 자신감이다. 어떤 사람들은 확인할 길 없는 말을 입에 달고 산다. 나도 이보단 잘 쓰겠다! 나는 말한다. 일단 쓰고 얘기하시라.

싸우자는 게 아니라, 써 보지도 않고 말만 하는 사람들이 대부분이기 때문이다. 또 실제로 써 보면, 글이란 게 결코 쉽게 써지는 게 아니라서다. 긴 글은 말할 것도 없고 문장 하나를 쓴다는 게, 적절한 단어와 배합을 사용하여 머릿속에 있는 바를 제대로 표현해낸다는 게 만만한 일이 아니다.

길게 말할 필요 없이, 당신이 최근에 본 영화에 대해 딱 한 문장으로 써 보시라. 다음엔 세 문장으로 써 보고, 열 문장으로도 써 보시라. 써 보면 안다. 평범한 글은 멋진 글만큼이나 쓰기 어렵다는 걸.

내 첫 책을 본 친구들이 한마디씩 했다. '좋겠다!', '나도 책 한번 내 봤으면!', '나도 글 쓰고 싶었는데!'… 더 하고픈 말을 삼켰다는 걸 안다. '나도 이 정도쯤은…', '아니, 내가 더 잘…!' 이라 말하고 싶었겠지. 그만큼 많은 이들이, 당신이, 쓰고 싶다는 열망을 품고 있음을 안다. 그러므로 바라던 반응이었다. 절로 올라가는 한쪽 입꼬리를 누르며 재빨리 말했다. 내면 되지! 나도 했는데. 당장 써 봐!

이렇게 당신은, 쓰기를 부르는 순간을 하나 더 찾은 거다. 이 순간을 흘려보내지 말고 단단히 붙드시길. 이 좋은 소재를 갖고 이렇게밖에 못 써? 내가 더 잘 쓸 수 있어! 바로 그렇게 시작하면 된다. 책을 던져 버리는 걸로 끝내지 말고 손가락을 움직이시라. 당장 쓰지 못하면 메모라도 해 두시라. 당신이 그렇게도 애타게 찾던 좋은 글감 아닌가.

쓰다 보니 생각만큼 매력적이지 않을지도 모르고, 뜻대로 써지지 않아 답답할 수도 있다. 그래도 끝은 내도록 하자. 얼마 쓰지 못했거나 당장 마음에 들지 않는 글이라도 확실하게 맺는 게 좋다. 짧더라도 글 하나를 완성하는 게 메모 백 개나 필사 노트 한 권보다 낫다.

따라오는 선물도 있다. '쓰는' 당신은 이제 안다. 평범한 글은 평범하게 쓴 글이 아니라는 걸. 읽기 쉬운 글이란 어렵게 쓴 글이다. 당신이 몹시 힘들게, 갖은 애를 들여 썼기에 남들이 편하게 읽을 수 있는 거다. 이를 몸소 알고 나면 사람들의 근거 없는 평가와 악평은 흘려들을 수 있다. 당신은 스스로 쌓은 바닥 위에 서 있고, 발밑이 얼마나 단단한지 안다. 공들여 쓴 글에 대한 자신감이야말로 가장 큰 수확이다.

나도 이만큼은 쓰겠다! 이 말이 나를 향해 던져진다 해도, 상처받을 필요 없다. 십중팔구 그들은 글 한 줄 써 보지도 않았을 테니. 기회가 된다면 한마디 해주어도 좋다. 일단 써 보고 얘기하세요.

이 순간을 흘려보내지 말고
단단히 붙드시길.
이렇게밖에 못 써?
내가 더 잘 쓸 수 있어!
바로 그렇게
시작하면 된다.
손가락을 움직이시라.
당장 쓰지 못하면
메모라도 해 두시라.
당신이
그렇게도 애타게 찾던
좋은 글감 아닌가.

「이보다 잘 쓸 수 있다」 중에서

첫 책이 나오기 전 일이다. 원고 의뢰를 해온 잡지사에서 이름을 어떻게 쓸까요, 라고 물었다. 이름 뒤에 붙는 다른 이름, 그러니까 직업이나 자격을 묻는 거였다. 이름만 쓰면 안 되냐고 되물었다. 안 된단다. 그냥 작가라고 쓸 수는 없다며, 무슨 작가냐고 물어본다. 그때나 지금이나 사진과 글 쓰는 사람으로 나를 소개하지만, 사람들은 그냥 넘어가지 않는다. 반드시 다시 물어본다. 사진 전공했어요? 시인이세요? 언제 등단했어요?

"무슨 작가예요?"는 작가 맞아요? 등단했어요? 라는 물음이다. 등단하지 않았으면 작가가 아니라는 말이다. 입상했거나, 출간했거나, 개인 전시회를 몇 차례 열었냐는 말이다. 대답할 수 없다면 시인이 아니고, 사진가가 아니고, 작가가 아니고, 예술가가 아니라는 거다. 한국은 호칭에 민감한 나라다. 자격 없는 사람이 작가라는 호칭을 함부로 사용했다간 작가협회를 비롯하여 무수한 곳의 항의문을 받을 수도 있다. 자칫하면 작가를 사칭한 사기꾼이 된다.

그럼 안 쓰면 되지! 귀찮은 게 많은 나는 이거저거 다 떼고 그냥 이름으로 불러 달라는 거다. 하지만 그럴 수 없다는 거다. 시인도 아닌데 왜 시를 쓰냐고, 사진가가 아닌데 어떻게 전시를 하냐고, 예술가도 아니면서 무슨 예술이냐고, 질문인지 공격인지가 쏟아진다. 폭격 속에서 다시, 당신 글을 왜 읽어야 하냐, 아마추어의 작품을 왜 봐야 하냐는 물음에 답해야 한다.

제주에 와서 사진과 글을 쓰기 시작했다. 참, 이거야말로 소개 자리에서 이름 다음으로 해야 하는 말이다. 사람들은 항상 언제부터인지를 물어보니까. 언제부터 제주에 살았나? 사진은 언제부터 찍었나? 글 쓴지는 얼마나 됐나? 에둘러서 경력과 자격을 묻는다.

아무 대책 없이 제주에 왔다. 대책 없이 짐을 푸는데 ㅅ이 물었다. 이제 뭐하면서 살 거야? 내 입에서 생뚱맞은 말이 튀어나왔다. 여행작가라면 좋을 거 같아. 여행작가? 그때까지 생각도 해 본 적 없는 단어였다. 여행과 글을 좋아한다, 하고 싶다는 무의식이 떠민 생뚱함이었나 보다. 실행력 끝내주는 ㅅ이 툭툭 검색하더니 자격증이니, 여행작가협회니 하는 정보들을 알려주었다. 나는 여행작가협회에서 하는 강의를 들으러 달려가지 않았다. 그냥 카메라를 샀다. 용감무식하니까. 여행작가라는 이름을 갖고 싶었던 게 아니라, 걸으며 쓰는 삶을 살고 싶었으니까. 그래서 사진과 글을 쓰기 시작했다. 그리고 책을 냈다.

오해하지 않았으면 한다. 작가가 되겠다고 책을 낸 게 아니라, 작가가 아니어도 글을 쓰고 사진을 찍고 책을 낼 수 있다고 말하고 싶었다. 하나 이런 건 다 나중에 붙인 이유다. 나는 쓰는 사람이고 싶었다. 그뿐이었다.

기억나는 우화가 있다. 한 사람이 죽은 이들의 세상으로 갔다. 가다 보니 문 앞에 고급공무원이 앉아 있다. 명부에 등록해야 한다고 한다. 그가 묻는다. 너는 누구냐?

- 저는 주부입니다.

- 네 직업을 묻지 않았다. 너는 누구냐?

- 65살 여성입니다.

- 나이와 성을 묻지 않았다. 너는 누구냐?

- 대한민국 서울 사람입니다.

- 사는 곳을 묻지 않았다. 너는 누구냐?

- 의사의 아내입니다.

- 네 남편이 누구냐고 묻지 않았다. 너는 누구냐?

- 교수의 딸입니다.

- 부모를 묻지 않았다. 너는 누구냐?

- 두 아이의 엄마입니다.

- 자식이 있냐고 묻지 않았다. 너는 누구냐?

- 저는 대학을 졸업했고, 공무원 시험에 합격했고,
  관공서에서 일했고, 결혼해서 두 아이를 낳았고,
  남편 일을 도왔고, 한 아이를 박사로, 한 아이는
  예술가로 키웠습니다.

- 과거에 어떻게 살았는지 물은 게 아니다. 너는 누
  구냐?

- 저는… 제가 누군지 모르겠습니다.

앞에 했던 말들이 답이 되지 않는 이유는 남들이 부여한 역할과 호칭만을 말해서다. 아무리 빛나는 이름이라 해도, 남에게 받은 것들로는 나라는 어떤 정체성도 생기지 않는다. 리어왕은 '내가 누군지 말할 수 있는 자, 누구냐'라고 한다. 답은 '나'다. 타인과의 관계에서 주어진 이름이 아니라 스스로 누구인지 말하는 내가 나다.

그리고 내가 나일 수 있는 정체성은 하고 싶은 일을 할 때 만들어진다. 하고 싶은 일, 즉 창조적인 일을 할 때 진짜로 즐거울 수 있고, 그때 진짜 내가 나오기 때문이다. 만약 여인이 나는 맨발로 모래사장을 걷는 걸 좋아하고, 몸치지만 혼자 춤추는 걸 좋아하고, 솔방울과 소라를 주워다 방을 장식하는 걸 좋아해요. 그게 나예요, 라고 대답했다면 어땠을까.

나는 오래된 골목을 마실하고, 돌 틈에 난 풀과 꽃을 보고, 이야기를 듣고, 사진과 글로 쓰는 게 좋다. 나는 보고, 듣고, 쓴다. 당신도 좋아하는 일이 있다. 하고 싶은 일이 있고, 무언가를 만든다. 당신과 나, 우리는 모두 작가며 예술가다. 창조적인 일을 할 때 즐겁다는 게 증거다. 예술은 우리를 즐겁게 하고, 그때 진짜 내가 나온다.

그러니 바로 지금 하고 싶은 작업을 하시라. 그게 무엇이든, 그림이든 목공이든 음악이든 춤이든 요리든 뜨개질이든 무엇이든 간에 좋아하는 일을 하시라. 지금 당장 시작하시라. 영감의 터럭 끝도 보이지 않을지라도. 우리는 예술가란 타고나야 하고, 재능과 영감이 있어야만 창작을 할 수 있다고 착각한다. 하지만 영감이 예술을 하는 게 아니다. 천재인 줄만 알았던 필립 로스도 "영감을 찾는 사람은 아마추어이고, 우리는 그냥 일어나서 일을 하러 간다."고 하지 않았나. 뮤즈를 기다리지 말라는 게 아니라 뮤즈가 올 때까지 손 놓고 기다리지 말란 얘기다. 뮤즈는 일하는 중에 온다. 아무것도 하지 않을 때 뚝 떨어지는 도깨비방망이가 아니다.

영감이 창조의 원천이긴 하지만, 직접 글을 써주지는 않는다. 글은 내가 쓴다. 예술을 하는 건 나다. 예술을 하는 당신과 나, 우리는 모두 예술가다. 지금 당장 나의 일을 하자.

작고 약한 존재들이 살아가는 법

(쓰는 - 마음)

사진을

쏩니다

늘 비슷한 데 눈이 가고 비슷한 걸 비슷하게 찍는다. 이젠 사람들이 먼저 손짓으로 알려주기도 한다. 저기 봐, 풀이야. 손가락이 가리키는 데로 가 쪼그려 앉는다. 안다. 다 그 사진이 그 사진이다.

열 장을 펼쳐놓든 스무 장을 펼쳐놓든 비슷한 담벼락에 비슷한 풀때기 사진이다. 한데 나만 아는 게 있다. 어디서 찍은 사진인지. 어느 동네 담벼락이고 어느 집 문틈에 난 풀인지 보면 다 안다. 지도앱이며 걷기어플을 사용하지 않아도 된다.

사진을 찍는다는 건 사물을 내 안에 깊이 찍어두는 일이기
도 하다. 흔한 담벼락과 다 똑같은 풀때기가 그게 그거가
아닌 하나의 사물로서 온다.

다른 세상으로 가는 문

땅을 보고 걷는다. 자주 쪼그려 앉는다. 어릴 때부터 그랬다. 고개를 숙이지 말라고, 어깨를 움츠리는 건 좋지 않다고 잔소리를 듣던 그대로 어른이 되었다. 눈길을 피하다 아래로 떨군 게 아니었다. 바닥에 있는 것들을 보려 했을 뿐. 예나 지금이나 활짝 핀 꽃송이보다 떨어진 쪽에 눈이 간다.

잘 부딪치고 넘어지는 아이였다. 물컵이며 국그릇을 엎기도 많이 해서 혼나곤 했다. 특별히 엄한 부모님은 아니어서 주눅들 정도는 아니었고, 뭐든 천천히 조심해서 하려 애쓰게 되었다. 거북이라는 별명으로 불렸던 기억이 난다.

성격이 아니라 신체의 문제였음을 식구들 모두 몰랐다. 한 눈으로 보는 어려움과, 그에 익숙해지는 과정이었음을 한참 후에야 알았다. 양쪽 눈의 힘, 시력 차이가 큰 사람일수록 거리를 직관하는 게 힘들고 평형감각도 약하다. 무슨 말인가, 싶다면 한 눈 감고 젓가락질을 하거나 한 발로 서 보면 알게 될 거다. 못 할 정도로 어렵진 않지만 조금 힘이 든다. 비슷한 힘의 양눈을 사용했을 때보다 약간의 수고와 시간이 필요한 거다.

튀어나온 돌부리와 꺼진 웅덩이를 평평한 바닥에서 분리해 보고, 때맞춰 피할 수 있게 되기까지 꽤 넘어지고 다치고 혼났다. 땅에서 시선을 떼지 않게 되었고, 천천히 걷게 되었다.

그랬을 거다, 처음에는. 넘어지지 않기 위해, 혼나지 않기 위해서였을 테지만 시작만 그랬다. 부주의한 아이는 주의를 금세 다른 데로 돌렸다. 바닥에 있는 이게 뭘까. 돌 틈에 난 저건 뭐지, 진짜 풀인가? 이 좁은 틈에서 어떻게 꽃이 피었지? 흙도 물도 안 보이는데 애는 뭘 먹고 살지? 멀리 있는 물웅덩이까지 길고 깊게 뿌리를 뻗고 있나? 어쩌면 땅속에

널따란 꽃밭이 있는 거 아닐까? 툭하면 쪼그려 앉아 땅속에 꽃을 심고 나라를 지었다. 한 눈으로 보는 아이가 한눈을 판다는 건 온 주의를 다한다는 뜻이다. 온 힘을 다해 보고, 전심으로 공상했다. 그때 버릇이 여전하다. 둘레둘레 걷는다. 아무 데나 쪼그려 앉는다.

궁금한 게 많다. 공상을 좋아한다. 지금도 그렇다.
이건 다른 세상으로 통하는 문이야. 주문을 외면 꽃잎이 흩어지면서 문이 열릴 거야. 하루에 딱 십 분만 나타나는 문이야. 잠시 후면 다른 곳으로 이동할 거야. 어서 생각해내야 해. 주문이 뭘까.

어른이 되어 좋은 한 가지는 길바닥에 앉아 있다고 야단맞지 않는다는 거다. 옷에 묻은 흙이야 털면 되고, 버린대도 내 옷이고 빠는 것도 나니까. 맘 놓고 앉아 발아래 꽃을 심고 다른 세상을 짓는다. 뭐라 하는 사람은 없는데 다들 한 번씩 들여다보고 지나간다. 슬그머니 돌아와 슬그머니 사진을 찍고 가기도 한다. 결국, 주문은 알아내지 못했다.

느리고
보배로운

걸음이 느리다. 디딜 데를 보는 게 느리고, 안전한지 판단하는 게 느리고, 발을 내려놓는 동작이 느리다. 자주 한눈을 판다. 한 눈이자 온 눈을 판다. 이걸 봤다가 저걸 보느라 느린 걸음이 더 느려진다. 몇 걸음 만에 함께 가던 무리 중 맨 끝으로 처진다.

늘 처지고 더러 재촉을 받고 종종걸음으로 따라붙어야 하는데, 이런 내가 괜찮다. 성격마저 느긋한 탓에 조급하지 않다. 기다리지 말라고 한다. 사진 좀 찍고 따라갈 테니 먼저 가라 하고 내 걸음대로 걷는다.

같은 데를 걸어도 남들보다 적게 보게 되고, 셔터마저 느리니 남들 반의반만큼의 사진도 찍어오지 못할 때가 많다. 그래도 괜찮다. 내 눈에 좋은 사진 하나 찍었다면 성공한 날이다. 수천 장 중에 단 한 장일지라도, 아니 그 한 장이어서 수천 장을 씹어 삼키고 시치미를 떼는 거다. 들인 수고와 허사를 숨기는 탁월한 재주가 사진에 있다.

사진을 찍으며 분명해진 것들이 있다. 보이는 대로 보는 게 아니라 보는 대로 보인다는 것. 우리 눈은 앞에 있는 하나의 대상보다, 수없이 존재하는 보이지 않는 것들을 훨씬 많이 보고 있다는 것.

종일 헤매고도 사진 한 장 찍어오지 못하는 날도 있다. 만나려 했던 이와 엇갈리기도 하고, 꼭 써야 하고 쓰고 싶은 글을 몇 날이고 쓰지 못할 때도 있다. 느린 걸음이 더 느려지고 시선은 땅을 뚫고 들어갈 기세다. 한데 이게 무어야. 초록 화환이 놓여 있는 게 아닌가.

뜻밖의 선물을 받은 기쁨에 다리와 어깨에 매달려 있던 피로도깨비가 풍선 터지는 소리를 내며 날아갔다. 나만 기뻐

하자니 섭섭한데. 사진을 찍어 온라인에 띄웠다. 초록 기운이 다른 이들의 피로도 터뜨려주길 바랐다.

무용하고 울적했던 몇 날 며칠을 씹어 삼킨 사진을 본 이들의 반응이라니. 좋은 시선이라고 했다. 밝은 눈을 가졌다고, 눈이 보배라고 했다. 찌르르한 무언가가 등줄기를 타고 흘러내린다. 뇌세포 구석구석 찌들어 있던 묵은 때가 벗겨진 거라면, 이 시원함은 당연한 거겠다. 느리게 보는 사람이 한 눈으로 찍은 사진인데. 보이지 않아 찍을 수 없는 것들을 함께 보아주는 사람들이 있다. 사진은 느리고 보배롭구나.

우리는 볼 수 있는 것밖에 보지 못한다. 사진은 많은 걸 보여주지만 그보다 훨씬 많은, 보이지 않는 것들을 보여줄 수는 없다. 하지만 정말 그런가? 눈은 우리가 생각하고 믿는 것보다 훨씬 많은 것들을 본다. 초록 화환 사진을 본 그대들이 생명과, 힘과 아름다움과, 사진에 있지도 않은 나와, 지금의 마음을 보았듯.

집의
입구

　　　　　　사람의 집에 대해 생각한다.
집 앞에 평상을 두고, 비질하는 모습을 요즘은 볼 수 없다.
아침에 대문을 열고 문 앞을 쓰는 일은 손님을 맞을 준비이
기도 했을 것이다.

요즘 집들은 들어오지 말라는 기운만을 등등하게 띠고 있
다. 온갖 잠금장치와 경고문을 두른 모습으로. 집의 대문을
얼굴이라 하기도 하는데, 그렇다면 우리는 이마에 '출입금
지' 띠를 두르고 한껏 찌푸린 얼굴들을 매일 보며 사는 셈
이다. 금지와 요구의 말을 써 붙이고 도열한 얼굴 사이를
지나다니는 일이 유쾌하긴 어렵다. 돌이켜보면 낯선 동네

를 걷는 일이 유독 피로할 땐, 집담마다 감시카메라가 내려다보는 길에서였다.

집의 입구는 놓인 사물의 모습으로 안에 있는 사람에 대해 알려주기도 한다. 번쩍거리는 금빛 명패와 아이 손으로 개 고양이 이름을 써넣은 문패가 같지 않을 것이다. 우편함이 달린 위치만 봐도 사용 빈도를 짐작할 수 있다. 손잡이에 달린 우유 주머니, 댓돌에 널어둔 장화, 문 옆에 기대놓은 장바구니를 보고 어떠한 사람이 살겠구나, 그려볼 수도 있다.

시골길이 좋다. 들어오지 말라고 눈을 부라리는 얼굴은 없다. 문가에는 유모차와 지팡이, 우산이 놓여 있다. 집 앞에 잠시 앉아 신발끈을 고쳐 매고 쉰대도 야단하는 사람도 없다.

　　　　　　　　　궁금한 집이 있다. 안에 누가
살까. 어떤 사물들이 있을까. 잠긴 문이 아니라도 좀처럼
두드리긴 어렵다. 오가다 흘금거리고 지나갈 뿐인, 안이 보
이지 않는 집. 지나치고 나면 그만인, 내가 모르고 나를 모
르는 집.

집 안에 불이 하나둘 켜지는 밤. 환한 속을 내어 보이는 집
은 낮에 보았던 그 집이 아니다. 보이지 않아 궁금해하며
못 본 척 흘금거리던 속. 속내를 감추는 사람이나 감춰야
할 사물이 아닌, 따뜻한 안을 가진 집. 바깥 어둠에 숨은 사
람이 집 안의 따뜻함을 탐한다. 들여다보았으니 이제 안다,

나를 모르는 너를 내가 안다는 헛된 생각이 만족스럽다.

궁금한 사람이 있다. 속에 뭐가 있을까. 어떤 생각을 할까.
내 속을 보이고 싶진 않지만 그가 친절한 사람이길 바란다.
따뜻한 속을 환하게 열어 나를 초대했으면 좋겠다. 나도 밖
에 있는 사람에게 그럴 수 있기를 바란다. 눈치만 보다 지
나치는 사람들을 생각하며 집 안의 불을 하나둘 켜보는 오
늘이면 좋겠다.

　　　　　　　어떤 곳은 냄새, 어디는 소리,
음악, 혹은 사람. 장소에 대한 기억은 이런 것들로 이루어
진다. 운동회 화약총 냄새로 초등학교를, 시끌시끌 새벽시
장 소리로 성남을, 슈베르트의 '송어'로 서울살이 마지막 동
네였던 등촌동을, 근희와 밤기차를 타고 갔던 목포를 떠올
린다. 동네 이름과, 갔던 기억마저 잊었다가도 풀썩 떠오르
는 기억의 입자들이 있다.

제주 온 지 얼마 안 되었을 때다. 초등학교 앞 큰길에서 사
진을 찍고 있었다.
큰길은 걷기에 넓은 길이 아니고 차가 다닐 수 있는 길이라

는 말이다. 차로가 넓고 인도는 좁다. 안전 펜스까지 있어 한두 사람 걷기에도 바듯한 길이었다. 아이 둘이 자전거 하나를 같이 타고 오다 저만치서 내려 걷기 시작했다. 큰 아이가 자전거를 끌고 작은 아이는 반 발짝 비스듬히 뒤에서 걸었다. 펜스를 넘지 않는 이상, 비켜 주려면 뒤로 몇 미터쯤 물러나야 했다. 아이들이 나와 카메라를 동시에 발견한 듯해 얼른 뒷걸음질했다. 요즘은 어른, 아이 없이 촬영하는 사람을 알아서 피해 주므로. 위험하게 도로로 내려설까 봐 눈짓으로 말렸다. 그래도 큰 아이의 걸음이 느려진 듯했다. 괜찮아 그냥 와, 말하려는 순간 아이들이 먼저 합창했다. 안녕하세요!

아는 사람으로 착각했을 리 없다. 누가 봐도 나는 외지인이었다. 백팩, 카메라, 주왁거리는 몸짓. 써 붙인 만큼이나 확실한 여행객의 모양새였다. 사는 데서 한참 떨어진 이 마을에 온 것도 처음이었다.
눈물이 주룩 났다. 땀인 척 닦아내며 웃었다. 안녕! 어디 가니? 뭐라뭐라 재잘대더니 한 번 더 꾸벅 인사를 하고 아이들이 멀어졌다. 한참 동안 봤다. 먼저 인사하지 못한 미안함이 목젖에 오래 걸려 있었다.

언제 처음 들었더라, 제주 사람들은 외지인을 육짓것이라 부르며 무시한다는 말. 시골은 텃세가 심해 도시내기는 몇 년 못 버틴다는 말. 2년이 고비라는 말. 믿지도 신경 쓰이지도 않았다. 셋집 아주머니는 아주 좋은 분이셨고 뭐든 먼저 나서서 도와주는 친구 집도 가까웠다. 아는 사람이라곤 그 둘이 다였지만 충분한 날들이었다.

하지만 역시 긴장하고 있었던 걸까. 어느 마을 어느 길을 가도 낯선 곳이었다. 말도 사람도 낯설고, 낯설어서 재밌지만 겁나기도 했다. 그들에겐 내가 이방인이니 경계할 거라고, 먼저 경계의 촉각을 곤두세우고 있었을까.

내가 어릴 땐 낯선 사람과 이야기하면 안 된다고 배웠는데. 모르는 사람이 길을 물으면 대꾸하지 말고 얼른 집으로 가라고 했다. 어른들은 유괴범이라는 말을 무섭게, 자주 하며 겁을 주었다. 그 때문은 아닐 테지만 낯가림이 심하다. 낯선 사람에게 말을 거는 것도, 누가 내게 말을 걸었을 때도 어렵다. 한적한 길에서 누군가와 마주치면 멀찍이 떨어지거나 아예 길을 건너버리기도 한다. 상대가 아이라고 크게 낫지도 않은데.

누군지도 모르는 사람에게 인사를 하고, 밝게 웃어주는 사람을 만난 게 얼마 만인지 몰랐다. 몹시도 오랜만에 '안녕'이란 말을 들은 듯했다. 귀에 머물러 있는 말을 혀끝으로 더듬어 보았다. 안녕하세요, 안녕하세요, 안녕하세요.

송당리, 라는 이름을 들으면 아이들의 목소리가 메아리친다. 나는 여전히 낯을 가리고 처음 가는 곳이 어렵지만, 시침 뚝 뗄 수 있는 주문을 얻었다. 당신을 보았다는, 잘 왔다는 인사, 안녕하세요. 한 번만으로 충분한 인사도 있는 것이다.

작고 약한 존재들이 살아가는 법

추석 연휴를 앞둔 날이라 좁은 골목은 주차장이었다. 아슬하게 벽에 붙은 차에서 최대한 먼 쪽으로 운전을 했지만, 반대편 담과의 사이도 딱 그만큼의 폭밖에 되지 않았다. 큰 차나 벽에 찰싹 붙이지 못한 차를 지날 때는 귀(사이드 미러)를 접어야 했다. 길을 잃고 흘러들어온 허씨 일가(렌터카)나 초보 운전자와 마주쳐 내 쪽에서 곡예 같은 후진을 하기도 했다.

운전할 때도 욕은 안 하는 느긋한 성격이지만 집을 일 킬로미터 앞에 두고 후진을 반복하려니 붕당붕당(궁시렁궁시렁)하게는 되었다. 이 시골에 웬 차가 이리 많나. 기름값은 미처 날뛰는데 다들 걱정도 안 되나. 새 차에 외제차는 또 뭐

이리 많나. 먹고사는 걱정은 나만 하는 건가. 아이오닉 루
비콘 포드를 흘기면서도 담벼락을 비비며 지나갈지언정 저
차들은 건드리면 안 된다며, 멀리 최대한 멀리 지나가는 중
이었다.

포드 앞으로 차 하나 세울 정도 공간을 두고 까만 아반떼가
서 있었다. 저기만 지나가면 길이 좀 넓어진다, 엑셀에 얹
힌 발가락에 힘을 실으려는데 아반떼 오른쪽 뒷문이 확 열
렸다. 뭔가 튀어나온다.
서너 살쯤 되어 보이는 아이였다. 그러고 보니 어린이집 앞
이다. 아반떼는 아이를 데리러 온 참인가 보았다. 노란 가
방을 멘 아이가 내 코끝을 종종 지나 운전석 문에 달라붙었
고 창문이 내려갔다. 웨이브 머리가 튀어나와 뒤를 흘끔 보
더니 다급한 손짓을 섞어 무어라 말했지만 아이는 발만 동
동거린다. 한마디 안 들려도 알 만했다. 아이는 뭔가 투정
을 부리고, 엄마는 일단 타라, 시러 지금 해조오, 위험해 얼
른 타지 못해?

엄마인지 이모인지 돌봄 선생님인지 웨이브 여인은 기다리
고 있는 나와, 언제 다른 차가 나타날지 모를 길을 초조하

게 두리번댔고 나 역시 아이가 또 다른 데로 뛸까 싶어 조마조마하게 지켜봤다. 노란 가방이 간신히 매달려 있는 몸이 너무 작아 큰 차에서는 미처 못 볼 수도 있다. 나도 아이가 튀어나오던 순간 전화벨 따위에 주의를 뺏기기라도 했더라면… 뒤늦게 오싹했다.

그때. 아반떼 오른쪽 뒷문이 다시 열렸다. 작은 머리 하나가 쏙 나온다. 아이보다 한 살이나 많을까 싶은 다른 아이. 머리 한쪽을 묶었다. 여자아이 혹은 머리 묶은 남자아이의 얼굴이 나를 한 번 보더니 몸의 절반이 따라 올라왔다. 의자에 매달린 듯한 모양새로 나를 향한 아이가 왼손을 올렸다. 건널목을 건널 때처럼.
눈이 마주쳤지만 아이는 선글라스 속의 내 눈이 안 보였던 모양이다. 뭔가 말하려는 듯 벌어졌던 입을 그냥 다물었다. 대신, 올린 왼손을 내 쪽으로 뻗어 손바닥이 보이도록 다섯 손가락을 쫙 폈다가 주먹을 꼭 쥐었다. 멈춰 주세요. 기다려 주세요.

여기 있어요.

얼른 고개를 끄덕였다. 창밖으로 손도 흔들어 보였다. 보여. 기다릴게. 진지한 눈, 앙다문 입. 아이가 작은 주먹을 풀지 않아서 나도 눈을 돌릴 수가 없었다.

길어봐야 일 분 정도였을 테다. 그래도 아이의 팔이 아플 정도는 되지 않았나 걱정이 됐다. 다행히 운전석 여인이 문을 열고 아이를 안아 넣었다. 자리에 제대로 앉히는 동안 먼저 갈 수도 있었지만, 아반떼가 골목에서 완전히 빠져나갈 때까지 기다렸다.

늘 마실하는 길에 귤 상자를 쌓아둔 빈터가 있다. 철이 되어 쓰이기를 기다리는 상자 더미에 풀과 넝쿨이 엉겨 담이 되었다. 그 담 앞에서 걸음을 멈추곤 한다. 밭일하고 정원 가꾸는 사람들의 적, 지긋지긋하고 징글징글하고 살벌한 검질, 잡초는 무섭다. 갓 났을 땐 약한데 금세 세진다. 하나하나는 작은데 순식간에 커다란 한 덩어리가 된다. 며칠 전 태풍에 몇 그루인가 나무가 꺾이고 간판이며 평상이 날아가기도 했는데 풀과 한몸이 된 덕에 상자들은 무사했다. 상자들 덕에 풀들도 괜찮았다.

작고 약한 존재들은 작고 약해서 살아가기 힘들다. 그래도 살아야지. 살아가기 힘든 세상을 살아내는 법이 뭐지? 그런 게 있나? 모를 수도 있고, 안대도 힘들 테다. 그래도 찾아는 봐야지. 작은 몸을 모아도 보고 한데 뭉쳐도 봐야지. 기대고 비비고, 서로의 몸을 덮어라도 봐야지. 손을 들어. 흔들어 보고 주먹도 쥐어 봐. 저 여기 있어요.

나도 여기 있어.

날씨처럼
(쓰는 — 이야기가 왔으면

(쓰는 — 마음)

일단
쏩니다

아무도 내게 글을 쓰라 하지 않았다. 꼭 써야 할 사람이라고 독려하거나, 읽고 싶으니 써달라고 부탁한 사람은 없다. SNS만 잘해도 스타 작가가 되는 세상이지만 내겐 다른 세상이다. 쓰는 법과 잘 쓰는 요령을 배운 적도 없다. 전공이 뭐냐고? 글과 사진이 아닌 건 확실하다.

잘 쓴다고 생각하지 않는다. 유려하게 쓰지 못하고 빨리 쓰지도 못한다. 온라인 게시판에 댓글 하나 다는 데도 한참 걸리는 나다. 그러면서도 이렇게 썼다 지우고, 썼다 지우고를 반복하고 있는 건 그냥 좋아서다. 거우 몇 줄 쓰느라 몇

날이고 몇 시간이고 끙끙대는 건 괴롭지만, 그렇게 완성한 보잘것없는 한 꼭지가 너무나 소중해서다.

글이란 게 뭔지, 쓴다는 게 뭔지 아직 모른다. 참고가 될까 하여 내로라하는 작가들이 한 번쯤 쓰는 〈왜 쓰는가〉를 눈에 띄는 족족 읽어보기도 했다. 그뿐이었다. 책이 나에게 언제까지나 꿈이듯, 그리하여 작가라는 이름이 동경의 대상이듯 그들이 쓴 책 속의 이야기도 모두 꿈 같다.

꿈이라서, 꿈이니까. 꿈이라면 계속 꾸어 보자고 마음을 다져먹는다. 책이 뭔지, 글이 뭔지 모르고 잘 쓰는 법은 더 모르지만 쓰는 게 좋아서, 좋으니까 계속해 보기로 했다. 내겐 너무 좋은 꿈이라서, 꿈이니까.

수업 하나가 끝났다. 올해 딱 두 개 잡힌 수업이 둘 다 제주시여서 지난달은 매주, 지난주는 매일 아침저녁으로 산을 넘어 다녔다. 다음 주면 마지막 수업이 끝나고 반백수가 온전한 백수가 된다. 프리랜서라는 이름은 백수가 가끔 입는 정장 같은 거다.

학교나 도서관 프로그램의 경우, 외부 강사의 시급은 기본 사만삼천 원 정도다. 주최 기관이나 행사내용에 따라 차이는 있지만 대부분 사만 원에서 오만 원 사이다. 강사의 급에 따라 다르기도 한데, 나같이 경력이 미미한 사람은 3, 4 정도의 저급 강사로 분류된다. 억울하진 않다. 특급이나 1

급 강사라면 시간당 수십만 원의 강사료를 받을 수도 있지만 그게 가능한 건 장관이나 몇십 년 경력의 교수뿐이니까. 강사 카드에 적어넣을 변변한 학력과 경력이 없는 나로선 한두 번 주어지는 기회도 감사할 따름이다.

어떤 이는 시급 사만 원이면 괜찮지 않냐고 한다. 최저시급의 네 배나 되지 않느냐고. 매번 다르긴 하지만 내가 강의를 준비하는 시간은 강의시간의 최소 세 배다. 한 시간 강의를 위해 세 시간쯤은 필요한 거다. 거기에 이동 시간과 현장에서 준비하는 시간 등을 더하면 아무리 적게 잡아도 예닐곱 시간은 든다. 기획할 때 두 시간짜리로 짜거나 운 좋게 연강할 때도 있지만 한 곳에서 두 시간을 넘기는 경우는 드물다. '매주 ○요일 ○시, 4회' 정도가 가장 흔하다.

이렇게 삼십이만 원(세전)의 강의료를 번다. 한 달에 일곱 개쯤, 그러니까 매일매일 강의를 해야 최저생활비를 벌 수 있다. 그렇게라도 할 수만 있다면야 감지덕지다. 수업 '따는' 것부터 쉽지 않으니 말이다. 학력·경력이 미미한 데다 활용할 학연·지연도 없고 영업소질마저 전무하니 불러주는 데도 거의 없다.

어떤 이는 그래도 프리랜서 아니냐고, 매인 데 없이 '자유'
로우려고 스스로 선택한 길 아니냐고 한다. 하나씩 하다 보
면 경력도 쌓이고 이름도 알려져서 일도 수입도 늘지 않겠
냐고. 다들 그렇게 시작하는 거 아니냐고.

어떤 이는 교육과 상담을 돈으로 환산하는 건 천박하다고
한다. 강의는 돈이 아닌 사명감으로 해야 하는 거 아니냐고.
어떤 이는 그런 강의, 시급 낮은 강의는 하면 안 된다고 한
다. 최저시급에 못 미치고 그야말로 기름값도 안 나오는〔유
류비는 언감생심이다.〕 강의도 냉큼 달려가 하는 나 같은 사람
들 때문에 강사료가 오르지 않는 거라고.

모르겠다. 지난봄, 일이 없어 일을 구했다. 들어오지도 않
는 강의니 청탁이니를 그만큼 기다렸으면 되었다고, 당장
먹고살 일을 구했다. 이력서를 쓰다 한참 웃었다. '글을 쓴
다'고 쓸 난이 없었다. 책은 경력이 못 되고 글은 직업이 아
니었다. 장래희망란이 있으면 좋겠다고 생각했다. 나는 글
쓰는 사람이고 싶었다.

시인과
바다

ㄱ시인에게 푹 빠져 그의 책만 읽을 때였다. 시인이 사는 고장에 가고 싶다는 생각이 들었다. 그가 늘 간다는 바다에 앉아 그가 지은 시를 읽고 싶었다. 그럼 맞아떨어진 주문처럼 시인을 소환해 주지 않을까. 그 정도 기적쯤은 일으킬 힘이 시에는 있지 않을까 생각했다.

끝내 가 보지는 못했다. 기적이 일어나지 않을까 봐? 아니, 일어날까 봐. 정말 시인을 만난다 해도 무슨 말을 해야 할지 모를 것 같았다. 읽던 시집을 내밀어 사인이나 받는 게 고작일 터.

시를 쓰고 싶다는 마음만 있고 한 편 써내지 못하던 때였다. 그래서였다. 그의 시와 닮은 시를 쓰고 싶었다. 시인에게 나도 시를 쓴다고, 당신 덕에 쓰게 됐다고 말하고 싶었다. 그래야 진짜 기적이 완성될 것 같았다.

기적은 여전히 그곳에 있고, 멀지도 않은 그곳을 멀게만 둔 채 해가 간다. 끄적여 보긴 하지만 이걸 시라고 할 수 있을지. 말이 언제부터 시가 되는지 모르는 채로 말만 쌓여 간다. 시인의 바다에 갈 수 있을까? 모르겠다.

그렇다 해도. 좋아하는 작가를 만나는 상상은 즐겁다. 상상만으로 글이 될 리 없는데, 의외로 도움이 된다. 써지지 않는 글을 붙들고 애먼 손톱만 물어뜯다가 내가 지금 뭘 하고 있나, 벌떡 일어나고 싶을 때. 습작 노트를 들고 누군가를 찾아가는 상상을 해 본다. 조금 더 잘 쓰고 싶다, 조금만 더 써 봐야겠다, 나를 다독여 앉힌다.

어릴 때는 낭독회며 북토크 같은 게 있는 줄도 몰랐고, 작가를 만날 만한 기회가 없었다. 가끔 TV 문학 프로그램에 나오는 문인들을 보는 게 다였다. 작가는 연예인 같은 존재였다. 팬들에게 웃으며 사인해 주는 연예인. 큰 무대에 오르고 많은 사람 앞에서 강연을 술술 잘도 하는 게 당연한 사람. 그러니까 작가는 아무나 하는 게 아니었고, 시작도 전에 포기한 꿈이었다. 하고 싶은 이유보다 포기할 이유를 먼저 붙들었다. 쓰고 싶다는 바람은 막연한 꿈이고 낯가림은 명백한 현실이었다.

팬의 자리가 좋았다. '나의 작가'를 읽고, 이야기를 들었다. 그들이 어떻게 쓰는지 알고 싶고, 생각을 묻고 싶고, 일상이 궁금했다. 꼭 듣고 싶은 게 있었다. 사람들이 내 책을 들고 찾아온다는 건 어떤 느낌일까.

한번 떠오른 물음은 사라지지 않았다. 씨앗을 심은 것처럼 뿌리를 뻗고 싹을 틔우더니 무럭무럭 자라났다. 급기야 이 물음은 내가 쓰고 싶은 이유의 굵은 줄기가 되었다. 직접 겪어보는 것밖엔 답이 없는 거다.

바다를 꿈꾸던 때가 있었다. 바다에 가면 시인을 만날 수 있을 것 같았다. 쓰지 못했던 시도 쓸 수 있을 것 같았다. 나는 지금 바닷가 마을에 산다. 시를 쓰고 글을 지어 바다에 띄워 보내리라 꿈을 꾼다. 그 글이 멀리까지 가, 보고픈 사람을 불러오는 상상도 해 본다. 바다는 모두 이어져 있고, 시인의 마음도 그럴 거라 믿으니까.

　　　　　　시를 쓸 때 가상의 인물을 만들곤 한다. 그는 화자가 되거나 주인공이 되거나 한다. 우주인을 창조하는 건 아니고 가상이래도 결국 내게서 나온 상이니 아주 생경한 인물이 나오지는 않는다. 나와 조금 다른 내가, 누군가와 닮은 사람을 얘기하는 정도다.

청소년기를 눈이 내리지 않는 부산에서 보낸지라 눈이 각별하다. 내 모든 꿈을 눈에 투영했다. 흐린 겨울날이면 무작정 바다로 가곤 했다. 바다에 내리는 눈을 보고 싶었다. 그러면 어떤 말도 할 수 있을 것 같았다. 흘리지 못하는 눈물도, 쓰지 못하는 시도 눈과 함께 쏟아져 바다로 흘러갈 것 같았다.

그 기억으로 시를 썼다. 미완의 시. 하나 이 미완의 시가, 언젠가는 쓰고야 말 시에게로 데려다줄 거라 믿었다. 믿어야 했다.

시 속의 인물을 만들면서 한 시인을 떠올렸다. 그라면 이랬을 거야, 저랬을지도 몰라, 그렇게 〈눈 묻은 시〉를 썼다.

쓰고 보니 고민이 되었다. 그의 얘기가 아니지만, 시인은 자기를 모델 삼았다는 걸 알아챌 것 같았다. 혹시 멋대로 갖다 썼다고 싫어하진 않을까?

감출 수도 없었다. 그가 내 시집의 추천사를 써주기로 했으니. 원고를 보냈다. 아무 말 않고 있었지만 점점점점점점 걱정이 되었다. 벌써 알아챈 거 아닐까. 화를 내고 있진 않을까?

그러다 문득, 누가 나를 두고 시를 쓴다면 어떤 기분일지 생각해 봤다. 나를 생각하며 쓴 시? 기쁘지 않을까.

용기를 내어 시인에게 연락을 넣었다. 간단한 답이 돌아왔다. 감동입니다.

다시
방에 돌아와
앉기 위하여

방을 갖고 싶었다. 책상도 책장도 갖고 싶었다. 방 하나에서 다섯 식구가 같은 이불 덮고 자고 옷을 갈아입었다. 밥상에서 숙제를 하고 벽에 기대앉아 무릎 위에 올려놓은 책을 읽었다. 엄마아빠가 읽던 책은 다락으로 올라가는 계단 한쪽에 쌓여 있었다.

다락은 벽장이란 말이 더 적절한 좁은 공간이었다. 앉아서도 천장에 손이 닿았다. 그래도 아이가 엎드려 책을 읽을 정도는 되었다. 표지가 찢어진 『안델센』과 두 쪽으로 갈라진 『돈 까밀로』, 세로쓰기에 한자가 많은 『부활』, 『황순원』을 읽었다. 어느 날 언니가 선물받았다던가, 하며 『나의 라임오렌지나무 2』를 가져왔다. 차례를 기다리며 1권을 다시 읽었다.

세상에. 이렇게 슬픈 이야기였었나? 티셔츠 위로 가슴을 쥐어뜯으며 읽었다. 꺼이꺼이 울었다. 손바닥으로 받을 새도 없이, 바닥에 펼쳐놓은 책장 위로 눈물이 투둑투둑 떨어졌다. 계단 위로 엄마나 언니의 머리가 불쑥 올라올까 봐 반대로 돌아 엎드렸다. 용을 쓰며 쿨쩍 소리를 삼키느라 목젖을 넘어 목 뒷덜미까지 다 아팠다. 젖어서 우글쭈글 울어버린 책을 들키지 않으려 저녁내 달라붙은 종잇장을 떼며 말렸다. 옆에 있던 『데미안』으로 부채질을 했다. 낮아도 좋으니 조금만 더 넓었으면, 잠글 수 있는 문이 있는 방이었으면, 생각했다.

스무 살에 방과 책상이 생겼다. 아빠가 사무실에서 쓰던 책상을 가져왔다. 의자를 바싹 밀어 넣어야 이부자리를 깔 수 있었고, 안으로 열리는 방문을 열려면 다시 걷어야 했다. 상관없었다. 문에 달린 반투명 유리를 〈키드〉 포스터를 붙여 가렸다. 아르바이트비를 모아 당시 컴퓨터 본체 가격과 맞먹던 스피커를 샀다. 문을 닫으면 낮에도 캄캄한 방에서

4.1 채널로 음악을 듣고 영화를 봤다. 옷소매로 울음을 누르지 않아도 되고 일기장을 감춰둘 필요도 없었다. 닥치는 대로 읽고, 보고, 듣고, 썼다.

짧았다. 짧았던 것 같다. 얼마큼 지난 후였는지 기억나지 않는다. 방을 잃었다. 다시 갖기까지 십 년이 걸렸다. 기쁜 줄도 몰랐다. 많이 읽고, 보고, 들었지만 쓰지 못했다. 너무 오래 쓰지 않아서 그런가 보다, 과거로만 돌아앉아 억울해했다.

방만 갖고 싶었다. 방만 있으면 뭐든 할 수 있었다. 큰 소리로 노래를 듣고, 직접 지을 수도 있었다. 랭보 흉내를 내어 술잔을 홀짝이며 시를 쓸 수 있었다. 커트 보니것을 읽으며 킬킬거리고, 압바스 키아로스타미 때문에 펑펑 울다가, 기타노 다케시와 함께 데굴데굴 웃을 수 있었다. 그러다 영화를 만들고 시나리오와 소설을 써볼 수도 있었다.

방이 있다. 세를 주고 빌린 방이고, 방음이 썩 좋지 않지만 문만 잠그면 혼자다. 책상도 있고 노트와 랩탑도 있다. 가스레인지도 있고 전기 주전자도 있다. 좋아하는 커피를 얼마든지 마실 수 있다. 냉장고에 맥주를 넣어둘 수도 있다.

쓰지 못하는 이유가 없어지니 쓰지 않는 이유가 생겼다. 과거로 돌아앉는 버릇이 좀처럼 고쳐지지 않는다. 바라던 방이 생겼는데 여기 앉아 있지 않고 자꾸만 과거로 간다.

억울해서 그런가? 억울해! 불공평해! 악악대지 않아 그런가? 그런 모양이다. 때를 놓치고 늦게 흘리는 눈물은 아프다. 아픈데 아프다 하지 못하고 숨겨야 해서 더 아프다. 아프고 나서도 후련하지 않고 계속 아프다.

박차고 뛰쳐나가야 할 모양이다. 속을 비워야겠다. 악쓰고 떼써야겠다. 억울하다고, 물어내라고. 지르지 못했던 악을 다 끄집어내야겠다. 돌아올 곳이 있으니 이제 괜찮아. 목이 터지게 소리 지르고 돌아와 방에 앉자.

　　　　　복선이었나 보다. 어제 오후, 섬 반대편으로 갔다. 볼일을 마치고 돌아오려는데 차 시동이 걸리지 않았다. 몇 분 후에 한 번, 몇 분 후 또 한 번 키를 돌려봤다. 방전은 아니고 점화플러그도 제대로 작동하는데 차는 격렬히 경련하다 잠잠해졌다.

크게 당황하는 법도 없이, 아아 이제 수명이 다한 건가, 그래도 그렇지 지금껏 이런 적은 없었는데 왜 하필 지금이람, 짐도 있고 섬 반대편인데, 푸념했다. 옆에 앉은 동생 얼굴을 차마 볼 수 없어 눈알을 정처 없이 굴렸다. 그런데.

결론. 멍청하고 초보적인 실수였다. 오래된 LPG차라 내 차엔 가스 공급 버튼이 있다. 육지 살 땐 겨울에 가스를 빼놓는 게 필수였다. 그래야 밤새 차가 얼지 않는다. 제주 기온이 영하로 떨어지는 일은 매우 드무니 최근에는 건드릴 일이 없어 늘 켜진 채로, 존재 자체를 잊고 있었다. 확실히 눌려 있어야 할 이 버튼이 반쯤 튀어나와 있었던 것. 큰 짐을 싣느라 앞 의자를 당길 때 건드린 모양이었다. 그것도 모르고 애먼 붕붕이를 탓해서 어찌나 미안하던지. 그래도 너무 다행이라고, 행운의 동전을 주운 기분으로 돌아왔다.

주차하고 내리는데 ㅅ선생님에게서 전화가 왔다. 짐 때문에 잠시 고민하다 받았는데, 그러길 잘했다. 내 책을 읽다가 전화하고 싶어졌다고 했다. 이런 구절이 있더라구요, 저런 구절도 좋더라구요, 어쩜 이렇게 제줏말도 잘 써요, 너무 잘 읽고 있어요.
글의 힘이 이런 거구나, 생각했어요.
우와. 울 뻔했다. 들어주는 이가 있구나, 그 글들이 그냥 흩어지지 않았구나. 일 년 치 선물을 미리 받은 기분으로 전화를 끊었다.

여운을 만끽할 새도 없이 바로 전화가 온다. 이번엔 모르는

번호다. 죄송합니다, 제가 차를 박았어요. 엥? 나, 바로 옆
에 서 있었는데?

글 얘기에 빠져 있는 사이, 서툰 허씨(렌터카) 운전수가 차
를 긁었다. 여기, 그러니까 내 집 앞 주차장에서만 몇 번짼
지 모른다. 허씨 하씨 호씨 일가들은, 운동장만큼 넓은 공
간을 두고 왜 구석진 데를 찾아와 부딪치는지 미스테리다.
범퍼카가 아니란 말이다. 내가 낸 상처 하나 없이 붕붕이는
점점 줄무늬가 되어가는 중이다. 네에… 몇 줄 더 그으셨네
요. 됐습니다, 그냥 가셔요.

차 유리 앞에 놓는 인형처럼 고개를 꾸벅꾸벅 숙여대는 젊
은 커플에게 여행 잘하세요, 해주고 들어왔다. 직전에 받은
전화에 마냥 행복하고 너그러워진 건 아니다. 아무래도 오
늘은 새옹지마 체험일로 정해진 모양이라고 생각했을 뿐.
사는 게 참 다이내믹하다니까, 재밌는 날이네, 그랬다.

아침에 눈 뜨니 ㅎ시인의 메시지가 와 있다. 책 재밌네요,
하며 기사링크를 보내주었다. 부탁도 안 했는데 인터넷신
문에 책 추천 글을 써준 거였다. 와, 어제가 끝이 아니었네?
내년 선물까지 땡겨 받은 기분이 되어버렸다. 이쯤 되면 좀
무섭다. 이번엔 무슨 일이 있으려고 그러지?

도리도리. 조금 늦게 도착한 거야. 좋은 소식이 더 좋은 소식을 데려올 거야. 그렇게 생각할 거다. 내 글들은 나 닮아 간세(게으름)가 많은가 봐, 다른 글들 불러오라고 보낸 지가 언젠데 안 돌아오네, 그런 말 안 할 거다. 나 닮은 건 맞다. 그러니 걸음이 이렇게 느린 거지. 그래도 왔잖아. 세상의 모든 글 쓰는 그대들, 홀로 외로이 글을 배웅하는 그대들. 힘내시라. 글은 틀림없이 돌아온다.

　　　　　　　　　　태어나서 처음 읽은 이야기는
열두 권짜리 동화전집에 들어있었다. 글자를 알고 나니 읽
고 싶었고, 그때 집에 있던 읽을거리 중 아이가 볼 만한 유
일한 책이었다. 1, 2권인 〈한국 전래동화〉에 '장화홍련', '선
녀와 나무꾼' 등이 있고 마지막 12권은 〈아라비안 나이트〉
였다.

공주 드레스가 나오는 안델센 동화와 페로 동화를 제일 좋
아했다. 그림이 하나도 예쁘지 않은 한국 전래동화는 재미
도 별로 없었는데, 그래도 많이 읽긴 했다. 다른 어린이 책
이 없었으니까. 마르고 닳도록 봤음이 틀림없는 게, 사십
년이 지난 지금도 '흥부놀부'와 '이솝 우화'의 삽화를 기억

한다. 원본이 없어 확인할 길 없으니 조금 불안하긴 하지만 이렇게나 선명하니 크게 다르진 않겠지. 어쨌거나. 내가 본 '콩쥐팥쥐'의 마지막 장면은 콩쥐가 하늘나라로 올라가는 그림이었다.

그러니 말이다. 어느 날, 콩쥐가 발에 딱 맞는 꽃신을 신고 원님 가마에 오르는 퓨전사극 콩쥐팥쥐를 봤을 때 내 표정이 짐작될 거다. 이게 무슨 소리? 언제부터 콩쥐가 신데렐라 코스프레를 하고 있대? 나는 황당했는데 사람들은 그런 나를 황당해했다. 나는 기가 막히고 코가 막혀서 미치고 팔짝 뛰었다. 저기요, 이게 대체 다 무슨 소리죠? 아무도 상대해주지 않았다. 이제 돌이켜보면 뭘 그렇게까지 펄펄 뛰었을까 낯뜨겁지만.

전래니, 구전이니가 다 말로 전해지는 거니까 입에서 입으로 이동하다 보면 이야기는 변형될 수밖에 없다. 바뀌고 뒤틀리고 여기에 살이 붙고 저기는 잘려나가고 부풀었다가 쪼그라들었다가 깊이 잠들었다 벌떡 일어나 딴 데로 한참 갔다가 돌아온다. 하지만 사라지지 않는다. 모습을 바꾸고 다른 장소에 깃들어 어떻게든 살아 있다. 한번 생성된 에

너지는 사라지지 않는다고 했던가. 해서 무한히 팽창한다고밖에 우주를 설명할 수 있는 말이 없듯, 이야기가 꼭 그렇다.

진짜 놀라움은 이거다. 이야기의 생명력. 한때는 불변하는 존재만이 가치 있다고 생각했었다. 변한다면 참이 아닌 거짓이거나 악하거나 약하기 때문이라고. 사실도 사람도 변하면 안 되었다. 생각과 마음이 바뀐다는 건 이전에 옳지 않았다는 증거 아니냐고, 이분법적 사고를 참인 양 여겼다. 그 탓에 흘려버린 즐거움과 아름다움이 얼마나 많을 텐가. 어제의 내가 딱하다.

세상의 수많은 이야기들을 들을수록, 하나의 이야기가 갈래갈래 갈라져 나가고 다양하게 변주된다는 사실보다, 구석구석 어느 곳에서나 비슷하게 살아 있는 이야기들의 존재가 더 놀랍다. 세상 어디에나 계모에게 미움받는 아이들의 이야기, 가난한 아이를 몰래 돕는 부자 아저씨의 이야기, 꽃으로 핀 엄마와 기다림에 지쳐 돌이 된 연인, 스스로 물에 뛰어들어 나라를 지키는 존재가 된 영웅의 이야기가 있다.

이 모든 이야기들은 애초에 하나의 몸으로 탄생했을 수도
있다. 지금으로선 짐작할 수 없는 경로를 통해 지구 반대편
과 극지방까지 퍼졌을 수 있다. 하지만. 공기를 타고 이동
하던 이야기 분자가, 알맞은 기후와 조건을 만났을 때 가장
가까이 있는 사람의 호흡을 통해 우리에게 오는 거라고 생
각하고 싶다. 그쪽이 '옛날 옛적에'나 '세상 어느 곳에'로 시
작하기에는 어울리니까. 어느 날 가만히 이야기가 왔으면
좋겠다. 좋아하는 날씨처럼.

쓰는 마음

2023년 10월 31일 초판 1쇄 발행

지은이   시린
펴낸이   김영훈
편집   김지희
디자인   부건영
편집부   이은아, 강은미, 김영훈
펴낸곳   한그루
          제주특별자치도 제주시 복지로1길 21
          전화 064-723-7580   전송 064-753-7580
          전자우편 onetreebook@daum.net 누리방 onetreebook.com

ISBN 979-11-6867-119-5 (03810)

ⓒ 시린, 2023

이 책은 문화체육관광부, 한국장애인문화예술원의 후원을 받아
2023년 장애예술 활성화 지원사업의 일환으로 발간되었습니다.

값 18,000원